PRÉCIS DE L'HISTOIRE

DES

CHAMBRES DE RHÉTORIQUE

ET DES SOCIÉTÉS DRAMATIQUES BELGES

PRÉCIS DE L'HISTOIRE

DES

CHAMBRES DE RHÉTORIQUE

ET DES

SOCIÉTÉS DRAMATIQUES BELGES

DÉDIÉ

A SON ALTESSE ROYALE

Monseigneur le duc de Brabant

PAR

T.-L.-H. POPELIERS

Panem et circenses

BRUXELLES

WOUTERS ET COMP., IMPRIMEURS-LIBRAIRES

rue d'Assaut, 8

1844

A

Son Altesse Royale

Monseigneur le duc de Brabant.

Monseigneur,

En entreprenant cet ouvrage, j'ai eu deux motifs :

D'abord j'ai voulu retracer à VOTRE ALTESSE ROYALE une gloire du pays qui a passé longtemps inaperçue à côté d'autres gloires ;

En suite, faire comprendre aux successeurs des Chambres de Rhétorique que par l'étude des belles-lettres et avec le concours de nos sociétés d'harmonie et de chant, ils peuvent pratiquer les jeux scéniques d'une manière digne des progrès qu'ont faits la littérature, la musique vocale et instrumentale.

A part ces deux motifs, j'avais l'intention de dédier à VOTRE ALTESSE ROYALE, l'*Histoire des Chambres de Rhétorique et des Sociétés dramatiques*; n'étant pas encore en possession de tous les documents nécessaires, j'ai extrait de mes recherches ce que comporte le cadre d'un *Précis*. Dès que j'aurai atteint le but de mes efforts, je complèterai ce travail, et je vous prie à l'avance, MONSEIGNEUR, de m'en permettre la publication sous vos auspices.

En m'accordant cette faveur, VOTRE ALTESSE ROYALE donnera une preuve du désir qui l'anime déjà de protéger les beaux-arts, et tous les Belges applaudiront, moi plus que personne, au sentiment de l'héritier du trône, tout en faisant des vœux pour la conservation de S. M. son auguste père.

J'ai l'honneur d'être avec le plus profond respect,

Monseigneur,

Votre très humble et très dévoué serviteur,

T.-L.-H. POPELIERS.

INTRODUCTION.

Chez toutes les nations fières de leurs grands écrivains, on trouve ces laborieuses manifestations de la pensée, ces bégaiements du génie poétique, qui sont des étincelles embrasant plus tard les intelligences prédestinées à créer une littérature nationale. La poésie, ce paradis du cœur, a eu, depuis l'origine de l'écriture, quelque chose de consolant, de divin, qui porte l'homme à interpréter l'œuvre de Dieu, puisqu'une langue informe, jargon sentant la plèbe, a servi, en tout pays, à chanter les merveilles de la nature et les passions de l'âme. La manière de rendre les idées en vers a précédé partout celle de les exprimer en prose.

A ce sujet un apologue.

Voulant donner aux mortels le prince des poètes, les dieux, — longtemps avant que le christianisme vînt apprendre aux peuples un principe suprême, un esprit universel, — obligèrent la Poésie, dont les fonctions étaient d'entretenir le feu sacré d'Apollon, à se choisir un compagnon. Elle jeta son dévolu sur l'Art. De cette union naquit le Vers, ressemblant en tout point à ses parents. Comme l'Olympe avait décrété que les enfants nés de ce mariage devaient habiter la terre, la Poésie prit son enfant dans ses bras et descendit en Grèce précisément dans la cabane où, un instant auparavant, venait de naître le futur chantre d'Achille. Elle toucha le nouveau-né de son aile et laissa près de lui son fils pour le bercer. Après, la Poésie et l'Art donnèrent le jour à la Prose, laquelle, arrivée ici bas, trouva son frère adoré comme une déitée. On dit que par jalousie elle publia que les fils des hommes devaient parler le langage de la nature ; mais les partisans du Vers répondirent que le culte des muses exigeait le langage des dieux.

Aussi ce n'est qu'après Homère et ses inimitables élèves, Anacréon, Sapho, Pindare, Eschyle, Sophocle, Euripide, que les Grecs songèrent franchement à abandonner les hexamètres, les pentamètres et toutes les lignes scandées avec leurs dactyles, leurs ïambes, leurs spondées, leurs trochées, leurs chorées, leurs anapestes. C'était une véritable décadence, il est vrai ; mais les Polybe, les Thucydide, les Strabon, les Plutarque, et après eux les apôtres de la foi, les Basile, les Grégoire, les saint Jean Chrysostome, prouvèrent au moins que les inspirations du génie ne se refusaient pas à la prose.

Quand on a pour maîtres toutes les célébrités d'Athènes, on ne doit pas, comme les Romains, leurs illustres imitateurs, tenir compte des premiers essais des lettres. Cependant peu de nations sont dans ce cas ; la plupart au contraire doivent une reconnaissance éternelle à ces poètes qui, sans le secours d'aucun maître, ont fait entendre, sur le sol natal, des chants patriotiques et nationaux.

Ainsi les Italiens, après l'empire des Césars, ont des troubadours. Les ballades préludent à la poésie érotique et épique; Pétrarque et le Dante paraissent, l'Arioste et le Tasse les suivent.

L'Espagne, avant de nommer Lope de Vega, Guilhen de Castro, Calderon de la Barca et Cervantes, forme sa langue aux chants des troubadours, lesquels étendent leur empire jusqu'en Portugal, où Freires d'Andrade, Diégo Bernardès les remplacent pour préparer les esprits à comprendre Camoëns.

L'Angleterre écoute longtemps ses bardes. Fingal et Ossian ne tirent plus d'accords de leurs luths, et Shakespear recueille leur héritage. Son génie inspire Milton, Pope, Thompson, Walter-Scott, etc.

En France les troubadours et les trouvères donnent naissance aux Jeux Floraux. Marot et Rabelais, Ronsard et Regnier, Amiot et Jodelle, se disputent tour à tour la prééminence d'un genre de littérature sur un autre. Malherbe vient donner des leçons de langue et de bon goût, et l'art est porté dans ses hautes régions par Corneille, Molière, Racine, Boileau, Voltaire, etc.

Les bardes qu'on suppose dans tous les pays du nord, n'y laissent aucun vestige, comme en Angleterre, de leurs productions. Toutefois il est présumable qu'en Allemagne ils aient donné prétexte aux *minnezingers* ainsi qu'aux chansons guerrières à la suite desquelles on voit Gesner, Haller, Kleist, que Klopstock, Wieland, Lessing, Goëthe, surpassent d'autant de coudées que ceux-ci sont au-dessous de Schiller.

Il en est de même de la Hollande, où l'on prétend que les bardes aient fait place aux Rhétoriciens, à l'impulsion desquels Hooft, Vondel, Cats, Bilderdyk, etc., doivent leur gloire. Ne croyez pas cependant que les Chambres de ce pays aient précédé les nôtres; elles n'ont commencé à s'établir que lorsque nos Rhétoriciens offraient déjà le curieux spectacle de gens réunis par amour des lettres et communiquant leur savoir à la foule au moyen de l'art théâtral. La plus ancienne qu'on y trouve est celle de Middelbourg, nommée *Het bloemken van Jesse*, qui fut constituée en 1430 [1], cent vingt-sept ans après celle de Diest ayant pour titre : *Christus Oogen*, fondée en 1302, et la première dont nos annales fassent mention.

Si la Belgique a eu réellement des bardes, ce n'a été qu'avant l'ère chrétienne, encore est-ce un point constestable ; mais que nos premires poètes étaient des moines et des laïques, voilà ce qu'on ne peut révoquer en doute. Et dès lors, il ne faut les chercher que dans les institutions rhétoriciennes, connues avant 1200 [2], où la jeunesse studieuse se livrait avec d'autant plus d'ardeur à l'étude des belles-lettres que les succès étaient un des moyens de s'élever aux pre-

[1] Hendrick Van Wyn : *Historische en letterkundige avondstonden.*

[2] Willem Kops : *Schets eener geschiedenisse des Rederykeren.*

mières dignités de l'État [1]. La rapidité avec laquelle elles se multiplièrent, prouve en faveur de cette assertion ; et le retentissement qu'elles eurent à l'étranger porta peut-être l'Académie des Jeux Floraux, fondée à Toulouse en 1324, vingt et un ans après la Chambre de Diest, à prendre, en 1356, le nom de Collège de Rhétorique.

Il est positif qu'en France on n'attacha pas la même idée que dans nos provinces, au mot Rhétorique, preuve de cela, c'est que le titre d'Académie des Jeux Floraux prévalut dans la suite. Toutefois ce mot, *Rederykekonst* ou *konst van Rhetoryke*, signifiait, dans l'ancienne langue flamande, une science ayant pour but les progrès de la raison, et se prenait aussi pour tout ce qui pouvait charmer l'esprit. Celui donc qui savait la Rhétorique possédait la plus belle des sciences, puisque les *Rederykeren*, *Rhetorykers* ou *Rhetrosynen* (Rhétoriciens), connaissaient la

[1] N. Cornelissen : *De l'origine, des progrès et de la décadence des Chambres de Rhétorique en Flandre.*

philosophie, l'histoire, la poésie, la déclamation. Ils s'appelaiént aussi *cameristen* (Chambriers), à cause du local de leurs réunions que le magistrat leur accordait anciennement avec certains priviléges [1]. De là, la dénomination de *Camers van Rhetorykers* ou *Rederyke-cameren* (Chambres de Rhétorique), qui désigne des assemblées de gens instruits formant dans leur sein des lettrés et des comédiens. Plus tard on disait aussi *Kamers van Rederyke*, *van Rhetoryke*, *van Rederyke-konst*, et *van Rhetorica*.

Lorsque Philippe II porta la couronne de Charles-Quint, les troubles des Pays-Bas firent décroître ces institutions. Il ne fut au pouvoir ni de Marie-Élisabeth, ni de Marie-Thérèse d'en arrrêter la décadence; les jeux scéniques restèrent, mais la littérature dramatique perdit son caractère national. Par la suite, on fonda des *Borgers-vergaderingen*, ou *Borgers-spelen* (Réunions de bourgeois), jouant la comédie en flamand; des Compa-

[1] Hendrick Van Wyn.

gnies d'amateurs donnant des réprésentations en français; des Sociétés littéraires n'ayant rien de commun avec le théâtre.

Après cette transformation sont venues : les Sociétés dramatiques dont le but principal est de jouer de petites pièces applaudies à Paris; les *Maetschappeyen van Rhetorica* (sociétés de Rhétorique), qui, fidèles encore aux traditions du passé, ne représentent pas seulement de bons drames hollandais et des pièces traduites par leurs prédécesseurs, mais les ouvrages de leurs propres membres. Ainsi on ne peut pas dire, ce qui est applicable à nos Sociétés françaises, que les Sociétés flamandes sont tributaires de l'étranger.

Depuis leur création jusqu'à la fin du XVIIIe siècle, les Rhétoriques étaient de deux sortes : les libres (*vrye*), jouissant d'un octroi communal, et les volontaires (*onvrye* ou *vrywillige*), n'ayant point d'octroi, mais relevant d'une Chambre suprême (*hoofdkamer*).

Les Chambres suprêmes possédaient des franchises accordées par le souverain; ou elles étaient suprêmes par droit d'ancienneté. Aucune confrérie ne pouvait s'ériger en Rhétorique sans avoir obtenu sa charte d'une Chambre suprême.

Cette charte, appelée *kaert* ou *chaert*, contenait, sur parchemin, le règlement de la nouvelle Rhétorique.

Les Chambres se composaient comme suit : d'abord on avait les fondateurs (*ouders*), et les membres (*broeders* ou *gezellen*) ; à la tête de tous étaient un empereur, un prince, souvent un prince héréditaire (*opper-prins* ou *erf-prins*); puis venaient un président d'honneur (*hoofdman*), un grand doyen, un doyen, un commissaire de police (*fiscael*), un porte-étendard (*vaendrager* ou *Alpherus*), et un garçon (*knaep*), qui parfois se mêlait de poésie. Au moyen âge, et à l'exemple des cours souveraines, on y voyait aussi un bouffon qui égayait l'assemblée et qui remplissait les principaux rôles dans les pièces comiques. C'était un personnage très important ; mais les plus considérables de tous étaient les *factors* ou *facteurs*, c'est-à-dire les poètes qui se chargeaient de la *factie* (composition), des poèmes et des pièces de théâtre.

En outre, chaque Rhétorique avait un blason représentant au moyen d'une figure, son titre avec sa devise.

Afin d'entretenir une noble émulation, les Chambres donnaient des concours.

Le concours, dans les grandes villes, se nommait *intrede* (entrée), à cause de la magnificence que les Rhétoriques concurrentes déployaient en pareille circonstance; au plat-pays il prenait le nom de *haeg-* ou *dorpspel*, (jeu de village).

Le prix principal, dans les grandes villes, s'appelait *landjuweel* (joyau du pays), et dans les petites communes, *haegjuweel* (joyau de la haie [1]). La société qui le remportait était tenue de donner à son tour un concours.

Chaque lutte était annoncée au moyen d'un programme ou carte d'invitation. Ce programme, appelé *kaert*, contenait les questions mises au concours avec les conditions et les explications nécessaires, et le tout soigneusement rimé. Il prit le nom de *missive*

1 Chr. Van Lom : *Beschryving der stad Lier.*

au XVIIe siècle. Ordinairement cette pièce de vers était lue dans toute la ville par un Rhétoricien accompagné de deux sociétaires et précédé du trompette de la commune, tous à cheval. Après cette publication, des messagers également Rhétoriciens, étaient chargés d'en porter un exemplaire aux Chambres du pays [1].

Si ces institutions n'ont pas eu la prépondérance des corps savants, au moins ont-elles exercé une influence d'autant plus salutaire que la civilisation de nos provinces en est le résultat. Marchant toujours avec les idées du temps, qu'elles faisaient progresser au profit des lettres, de la morale publique, de l'esprit national, elles prirent, à chaque bouleversement, une face nouvelle, plus de force, de couleur, de forme, des allures plus nettes, plus franches, enfin une route où poètes, comédiens, spectateurs, trouvaient tout pour embellir l'esprit et rien pour em-

[1] D. J. Vander Meersch : *Belgisch Museum voor de Nederduitsche tael- en letterkunde en de geschiedenis des vaderlands; uitgegeven door* J.-F. WILLEMS.

poisonner le cœur. Les différents aspects qu'elles présentent sont au nombre de quatre.

Voici leur division :

I. — Période des *moralités.*

II. — Période des *mythes.*

III. — Période des *imitations.*

IV. — Période des *emprunts.*

Le résumé de chacune d'elles fera voir que ce Précis n'est que le précurseur d'un travail plus détaillé, dans lequel, ayant terminé mes recherches, grâce à l'obligeance des personnes qui daigneront répondre à mon appel [1], je ne traiterai pas moins la partie littéraire que la partie historique, afin qu'un jour les productions de nos Rhétoriciens et de leurs continuateurs, puissent figurer, dans la littérature belge, comme de modestes violettes à côté les roses.

[1] Voir à la fin de ce volume.

I

PÉRIODE DES MORALITÉS.

Depuis le XIVe siècle jusqu'au règne d'Albert et d'Isabelle.

La Belgique, sous Charlemagne, reçut les premiers bienfaits de l'instruction publique. Si l'irruption des Normands la replongea dans les ténèbres de l'ignorance, l'œuvre du fondateur des écoles échappa à ce déluge, en se réfugiant dans les monastères, ces pieuses arches de Noë. Il y eut durant trois cents ans comme un retour à la sauvagerie. Cependant, les croisades ayant rempli leur mission, le christianisme eut besoin d'air et de soleil pour atteindre son ubiquité. On ne se borna plus aux sermons, ni aux offices du matin, du soir, de la nuit, on montra sur les places publiques et sur les cimetières, la vie des saints et les mystérieuses vérités de la foi, d'abord en tableaux, plus tard en pantomime, finalement en personnages parlants. Dans la plupart des églises on ne célébrait pas seulement les grandes fêtes, on en représentait théâtralement le sens mystique. Les acteurs et les poètes étaient nécessairement des religieux. Comme il n'était possible d'acquérir des connaissances que sous leur férule, des laïques instruits par eux ne tardèrent pas à paraître dans le monde ; un rayon du ciel vint vivifier les esprits. Pendant que l'émancipation communale faisait le tour de nos provinces, l'aurore de l'émancipation intellectuelle s'aperçut partout autour des beffrois. Les moines et les laïques s'unirent pour propager le goût des lettres. Rompant avec la basse latinité, ils rendirent les inspirations de leur muse dans leur langue maternelle le thiois, appelé plus tard le flamand. C'est ainsi qu'ils préludèrent à la fondation de ces confréries littéraires et dramatiques qui, tout au commencement du XIVe siècle, prirent le nom de Chambres de Rhétorique.

C'était un acheminement à la régénération du peuple. Si le théâtre, à son origine, n'était pas de nature à polir les mœurs, résultat qu'il obtint par la suite, au moins parvint-il à façonner le caractère belge sous l'influence de la religion. Il va sans dire que les pièces dramatiques ne dépassaient pas la commune intelligence, alors que le noble et le vilain ne savaient ni lire ni écrire. Cependant la plupart démontrent à l'évidence que la nécessité de former la langue n'était pas moins sentie que le besoin de guider l'opinion à l'égard de ce qui intéressait la gloire, le bonheur, la prospérité du pays. D'une part, le succès couronna les efforts ; l'esprit national prit racine et se maintint jusqu'à la fin du XVIIIe siècle. Quant à la langue, elle resta quelque temps aussi déréglée que les hommes ; petit à petit elle s'épura comme les mœurs.

Comme les lieux saints ne servaient pas toujours de salle de spectacle, nos Rhétoriciens donnaient le plus souvent des représentations sur des tréteaux en plein air, dépourvus de décors. Les pièces qu'on y jouait, portaient indistinctement le titre de *Spelen van sinnen* (jeux d'esprit), on dirait aujourd'hui *zinspelen* (allégories), et avaient pour donnée soit un proverbe, une maxime, une sentence ou un sujet tiré des saintes écritures; elles ne s'étendaient jamais au-delà d'un acte. A bon droit on peut les appeler *Jeux de moralités*, de telle sorte que la scène flamande résumait l'art catholique par sa forme raide, étriquée, sans relief, comme par sa pensée entortillée, embarrassante, à peine sentie, c'est-à-dire qu'elle donnait la juste mesure du degré d'instruction, tout en présentant la physionomie de cet âge reculé.

Ordinairement la *moralité* était suivie d'un *batement*, *esbatement*, *clute*, *kluyte* ou *zottekluyte* (farce). C'était comme en France où le *mystère* précédait aussi la *sottie*. Indépendamment des *moralités* et des *ébattements*, il y avait aussi des *presentspelen* (épitres dédicatoires dialogués), et des *tafelspelen* (jeux de table), ainsi nommés parce qu'on les représentait sur une table dans les réunions d'amis et dans les tavernes.

Quel que soit le mérite de ces quatre sortes de compositions, on doit néanmoins convenir que nos pères avaient de l'inclination pour le théâtre, et qu'ils tenaient moins compte des opinions politiques que des spectacles et du travail de leurs mains. *Panem et circenses*, c'était le banquet de leur vie. Aussi savaient-ils y garder leur place, en prêtant leurs bras à l'industrie et leurs idées à la scène. Ils devaient sentir aussi profondément, que M. Arago l'a dit avec élégance, que « l'art théâtral est le noble délassement des esprits de toutes les conditions et de tous les âges [1]. »

A la renaissance des arts les institutions rhétoriciennes avaient pris une extension

[1] Discours d'inauguration du Monument de Molière.

telle qu'il n'y avait plus une commune de quelque importance qui n'eût sa Chambre duement constituée. Ce travail intellectuel avait commencé dans les provinces flamandes, s'était étendue jusqu'en Hollande, mais il n'avait touché, des provinces wallonnes, que la seule ville de Tournai. Ainsi, lorsque les toiles de Rubens, les mélodies de Roland de Lattre, les marbres de François Duquesnoy, les constructions de Henri Paschen, les gravures de Théodore de Bry, les ciselures de Godèle, portaient déjà au loin le nom de la Belgique, nous comptions les Rhétoriques suivantes : — à Bruxelles : *het Boek, de Korn-bloem, 't Maria-kransken, de Lelie-bloem, de Veld-bloem ;* — à Gand : *de Fonteyn, de Balsem-bloem, S*[te]*. Barbara, de Bodemlooze-mande, Maria t' eeren ;* — à Louvain : *den Roozelaer, het Kersauwken, de Lelie-bloem, de Petercelieworlel, de Pensée, de Meluyte ;* — à Ypres : *Alpha et Omega, de Rozieren, de Vreugdenaers, de Getrouwe Herten, de Moeren, de Ligtgelaeden ;* — à Anvers : *de Violieren, den Olyftak, de Goud-*

bloem, 't Lelieken van Calvaren ; — à Courtrai : *S^te. Barbara , de Fonteynisten, het H. Kruys, de Tydverliezers* ; — à Audenarde : *Pax vobis , de Kersauwen , S^t. Adriaen , S^t. Mauritius , de Coluevreniers, de Soeten naem Jhesus, de Jonge Retorike, de Verloren Weesen, de Bloeyende Jeucht*; — à Termonde : *de Roos , de Leewerk , de Distelvink* ; — à Lierre : *den Groeyenden-boom , het Jenette bloemken* ou *d'Ongeleerde* ; — à Diest : *Christus Oogen, de Lelie-bloem* ; — à Malines : *de Peoene, de Lisbloem* ; — à Arschot : *het Tarwen bloetzel , den Wyngaertrank* ; — à Tirlemont : *de Fonteynisten , de Korn-bloem* ; — à Alost : *Ste. Catharina , Ste. Barbara* ; — à Bruges : *den H. Geest, de 3 Santinnen*; — à Menin : *H. Barbara, de Lisch-bloem* ; — à Veurne : *de West-straet, S^te. Barbara, het H. Kruys, de Zuydstraet, de Oostraet* ; — à Loo : *de Royaerts, de Fonteynisten, Die van sinnen jonc al in 't groen*; — à St.-Trond : *den Olyftak* ; — à Renaix : *Laus Deo, den Wyngaerd* ; — à Ninove : *de Witte water rooze* ; — à Vilvorde : *de Goud-bloem* ; — à

Turnhout : *de Hey-bloem* ; — à Assche : *de Barbaristen* ; — à Herenthals : *'t Couwoerdeken* ; — à Gheel : *de Brem-bloem* ; — à Hasselt : *de Roode roosen* ; — à Berchem : *den Bloeyenden Wyngaerdrank* ; — à Overschie : *de Roode rooze* ; — à Poperinghe : *de Victorinnen* ; — à Rousselaer : *Seeghbaer van Herten* ; — à Deynze : *Donse om een beter* ; — à Hulst : *de Transfiguratie* ; — à Romerswal : *de Dry Koornbloemkens* ; — à Arendonck : *'t Heylig groeytselle* ; — à Nieuport : *den Roozenkrans* ; — à Dixmude : *den H. Geest* ; — à Nekkespoel : *het Boonbloemken*; — à Leffinge : *Altoos doende*; — à Nieucapelle : *den H. Geest*; — à Stavelle : *de Troostverwachters* ; — à St.-Winnoks : *de Royaerts van Bergen* ; — à Enghien : *S^te^. Anna* ; — à Tournai : *le Princhè* ou *le Puyts d'amour* ; etc. [1].

Le titre est la devise des Chambres ne se

[1] Willem Kops. — Joseph Van Ertborn : *Geschiedkundige aenteekeninge.* — Ph. Blommaert : *Beknopte geschiedenis der Kamers van Rhetorika te Gend.* — Chr. Van Lom. — D. J. Vander Meersch. — F. A. Snellaert : *Belgisch Museum.*

prenaient jamais au hasard, la foi les dictait souvent. En voici un exemple : Au jeudi de la semaine sainte, (l'année n'est pas connue), treize habitants de Bruges s'étaient réunis chez un ami commun, nommé Jehan van Hulst, pour célébrer en famille la fête du jour. Tout en mangeant du pain trempé dans du vin, ils se prirent à parler de la vie et de la mort de Jesus-Christ. Pendant ce pieux entretien, parut subitement dans l'appartement un pigeon tenant dans le bec une bandelette de papier avec ces mots : *Myn werck es hemellick.* Cette apparition leur sembla un miracle et pour en conserver le souvenir, ils fondèrent la Rhétorique : *Den H. Geest* (le saint Esprit), et prirent pour devise : *Myn werck es hemellick* (mon œuvre est céleste) [1].

Ajoutons à cela que Rome approuvait ces Sociétés puisqu'elle donnait à quelques-unes des pouvoirs qu'elle n'était dans l'habitude d'accorder qu'aux églises. Ainsi les *Violiers* d'Anvers obtinrent, en 1495, du pape

[1] Willem Kops.

Alexandre VI, une bulle pour fonder la confrérie de N.-D. des sept douleurs [1].

Quand on pense que ces institutions, fondées les unes par des bourgeois, les autres par des campagnards, se maintenaient autant par un sentiment religieux que par l'amour des lettres et du théâtre, on ne doit pas s'étonner que quelques-unes aient traversé les siècles pour nous rappeler encore aujourd'hui une ombre de leur grandeur. Il est vrai de dire que le soutien de la plupart était la conséquence des amusements offerts à la jeunesse et à l'âge mûr ; en dehors des travaux littéraires et dramatiques, elles avaient aussi pour but l'exercice des armes, l'épée, l'espadon, l'arc, l'arbalète, l'arquebuse, et de cette manière faisaient partie de ces troupes de volontaires, connues sous le nom de *Gilde* ou *Gulde*, (serment). Toutefois une Rhétorique fondée par un corps de volontaires, ne subissait aucune espèce de sujétion de la part du serment, témoin *la Guirlande de Marie* de

[1] Joseph Van Ertborn.

Bruxelles [1], formée du *Grand serment de la Sainte Vierge*. C'étaient deux départements distincts, mais unis par les mêmes vues, les mêmes volontés, presque les mêmes devoirs. Si le souverain se jetait dans une guerre, les deux départements prenaient les armes, car il était stipulé dans la charte de Chambre que les Rhétoriciens devaient aide et protection au prince; être nés belges; justifier d'une conduite irréprochable tant à l'égard de leurs confrères qu'en présence de l'ennemi; etc. Un concours était-il annoncé, le département littéraire s'empressait de traiter les questions du programme, et, au jour indiqué, chambriers et hommes d'arme, richement costumés, fifre et tambour en tête, se rendaient au lieu de la lutte.

Le plus ancien concours connu est celui de Tournai, en 1394 [2]. De temps en temps on donnait des concours en français et en flamand, puisqu'en 1439, Tournai remporta,

[1] *Maria Krans.*
[2] Willem Kops.

à Gand, le *joyau du pays* pour le français, et Audenarde également le premier prix pour le flamand [1].

Bien que le *joyau du pays* fût le plus envié, il ne manquait jamais d'autres prix pour contenter les nombreux concurrents. Citons comme preuve le concours que donnèrent les *Violiers* d'Anvers, le 3 août 1561, et dans lequel quatorze Chambres jouèrent leurs *moralités* sur la question : *Wat den mensch aldermeest tot conste verwect.* (Qu'est-ce qui existe le plus l'homme aux arts ?). Outre le *joyau du pays*, que remporta le *Rosier* de Louvain, et dont l'*Arbre croissant* de Lierre, obtint la seconde récompense, il y avait des prix pour la plus pompeuse entrée ; pour le plus beau blason ; pour marcher en cortége le plus processionnellement ; pour faire le plus solennellement la cérémonie ; pour le prologue ; pour *l'ébattement ;* pour la partie poétique des chansons ; pour le meilleur acteur ; pour jouer le fou sans blesser l'honneur de

[1] N. Cornelissen.

personne. A chacun de ces objets était attaché un premier et un second prix ; pour le fou seul on en décerna un troisième à la *Cage de faisans* [1] de Herenthals [2]. Le premier prix pour l'entrée la plus pompeuse fut accordé à la *Guirlande de Marie* de Bruxelles. Elle avait paru à Anvers avec un cortége de 340 hommes à cheval drapés de velours cramoisi, chamarré de galon d'argent, et qui escortaient 7 grands chars de triomphe et 78 chars de moindre dimension, tous chargés d'ornements, de devises, de statues, etc. Il paraît qu'elle avait compté sur le prix de la folie, car pour dédommager son bouffon Jean Walravenz, surnommé *Oomken*, elle fit frapper une médaille de grand module en l'honneur de celui-ci. Cette médaille, au millésime 1563, porte d'un côté de la tête : *Jan Walravenz* ; de l'autre : *Niet zonder wielle oom* ; et pour légende : *Maistre*

[1] *'T Couwoerdeken.*

[2] Spelen van sinnen vol scoone moralisatien, etc ; ghespeelt binnen der stad van Antwerpen by die veerthien cameren van retoryeken.

Oomken, Prince couronné des Docteurs a quatre oreilles. Æ. Tatis 56 [1].

Indépendamment des grandes villes, les petites communes ne restèrent point en arrière. Le *Souci* de Vilvorde, ouvrit, en 1560, un concours pour un *dorpspel,* — spectacle qui se donnait avec moins de magnificence au plat-pays. Le *Livre* et le *Bluet* de Bruxelles, le *Rosier* de Louvain, la *Pivoine* de Malines, la *Fleur de fève* de Nekkespoel, le *Jet de vigne en fleuraison* de Berchem, s'y présentèrent, et tous obtinrent des prix [2].

Quoiqu'il y eût des serments et des Rhéthoriques qui ne formassent pas une seule et même confrérie, il y eut toujours un accord parfait entre eux. En 1466, les serments de Lierre donnèrent un tir auquel un grand nombre de serments prirent part. Afin d'ajouter plus d'éclat à la fête, ils invitèrent quelques Chambres, — Lierre n'en avait pas encore, — pour donner des représentations.

[1] Gerard van Loon : *Nederlandsche Historiepenningen.*

[2] Willem Kops.

On y joua six pièces faites pour ce tir, dont trois par ANTOINE DE ROOVER et trois par HENRI BAL; ce dernier remplit les principaux rôles dans ses propres ouvrages [1].

Au concours de Gand, en 1498, il y eut des prix pour les serments qui accompagnaient les Chambres.

N'oublions pas de dire que les Rhétoriques donnaient aussi des fêtes d'un tout autre genre. En 1538, le *Livre* de Bruxelles donna un carrousel pour la ville seulement. Les autres Chambres et les écoles de musique des paroisses participèrent à ce jeu d'adresse. L'école de musique de l'église de Saint-Nicolas et la Chambre le *Bluet*, chacune au nombre de plus de 100 chevaux, se partagèrent le premier prix de l'entrée la plus belle et la plus nombreuse. La bague, tenue par le bouffon du *Livre* porté sur un bouclier, fut enlevée le plus de fois par la dite école de musique qu'on proclama victorieuse [2].

[1] Chr. Van Lom.
[2] Willem Kops.

De telles fêtes duraient plusieurs jours ; il n'en fallait pas davantage pour réjouir le pays, alors que la joie, partie du lieu du combat, se communiquait aux villages que les Rhétoriciens vainqueurs devaient traverser, et de là à leur commune où ils étaient reçus avec de grands honneurs. D'après cela on peut se faire une idée de la manière dont le peuple s'amusait, manière bourgeoise, mais instructive et infiniment nationale. Nos fêtes populaires, si brillantes, si conformes en apparence au goût des masses, sont loin d'aller, comme le faisaient ces antiques réjouissances, droit au sentiment de la foule.

On conçoit qu'un pareil stimulant devait non-seulement rejaillir sur toutes les classes, mais encourager quiconque se sentait quelque idée dans la tête, jusqu'à lui faire aborder la carrière si périlleuse d'écrivain. Si les auteurs de ces temps ont tous fait partie des Rhétoriques, c'est ce qu'on ne peut affirmer ; cependant j'ai des raisons pour croire qu'ils ont eu plus ou moins de relations avec elles. Tenant le milieu entre les hautes sciences de l'université de Louvain et les écoles de couvents où étaient enseignés les rudiments des connaissances, elles n'offraient ni le pédantisme des clercs, ni la gravité des docteurs. Et puis, on tenait d'autant plus à y être admis que la rime et la raison y couronnaient l'amour aussi bien que le talent. Il est donc présumable que JACQUES VAN MAERLANT ait été un exellent Rhétoricien, quoique rien ne prouve qu'il ait été chambrier. Nous en dirons autant de GILLES VAN MOLHEM, qui vécut avant lui; de JEAN DE DECKER; JEAN KNIBBE, de Bruxelles; COLPAERT; JEAN VAN HOLLAND; JEAN DINGELSCHE; PIERRE VAN JERSELE; JEAN DILLE; BAUDOUIN VAN DER LORE; AUGUSTYNKEN; LODEWIKE; JOETE VAN NEDERLANT; GILLES VAN TRECHT; JEAN VAN LIER; JEAN METTER HUVEN; GILLES DE WEVEL, habitant de Bruges; LOUIS VAN VELTHEM, prêtre; NICOLAS DE KLERCK, moine et secrétaire d'Anvers; GUILLAUME VAN HILDEGAERTSBERGHE; HENRI VAN AKEN, prêtre; JEAN YPERMANS; JEHAN DE THUIN; JEAN-BAPTISTE HOUWART, conseiller de Brabant ; Lievin vander Bek ou Torensius, chanoine de Gand ; Gerard Roelands, chanoine de Louvain ; etc. Bien que l'on ne soit pas encore parvenu à savoir au juste si ces écrivains ont été Rhétoriciens, toujours est-il que les écrits de la plupart appartiennent à la manière des *facties*.

Quant à ceux que nous allons citer, il n'y a pas le moindre doute à l'égard de leur qualité de *factors ;* ce sont Adrien Wils, du *Souci* d'Anvers ; Jacques Vilt, orfèvre à Bruges ; Jean Van den Dale, du *Livre* de Bruxelles ; Antoine de Roover, de Bruges ; Henri Bal, de la *Pivoine* de Malines; André Smit ou Smet ; Mathieu de Casteleyn, du *Pax vobis* d'Audenarde ; Corneille Van Ghistel, du *Souci* d'Anvers ; Simon Fiers, de la *Fontaine* de Gand; Colin Van Ryssele; Marc Van Varnewyck, de *A la gloire de Marie* de Gand [1] ; Corneille Manilius, de Bruges ; Guillaume Van Haecht, des *Violiers* d'Anvers ; Frans Fract, d'Anvers; Lambert

[1] *Maria t' eeren.*

GOETMAN, d'Anvers ; LIEVIN BAUTKEN, de la *Sainte-Barbe* de Gand ; JEAN CASUS, d'Anvers ; JEAN DE BRUYSENERE, id. ; ADRIEN VANDER MEULEN, du *Pax vobis* d'Audenarde ; JOSSE VAN COYE, id. ; JEAN VAN ASSELT, de la *Florissante jeunesse* d'Audenarde [1] ; JEAN VAN DEN VIVERE, de la *Marguerite* d'Audenarde [2] ; HENRI VAN DE KEERE, de Gand ; JEAN DELMEIRE, successeur de MATHIEU DE CASTELEYN ; DÉSIRÉ WAELKENS, d'Audenarde ; GUILLAUME DE ZOMERE, id. ; CHARLES VAN MANDER, de Meulebeke ; CORNEILLE ÉVERART, de Bruges ; PIERRE SCUDDEMATE, d'Anvers ; ÉDOUARD DE DHENE, des deux Chambres de Bruges ; PIERRE DE HERPENER, des *Violiers* d'Anvers ; JEAN VAN BORTEL, de l'*Arbre croissant* de Lierre ; FRANÇOIS LAUREYSSENS, id. ; WOUTER VAN BORTEL, id. ; HENRI DE POORTER, id., etc.

Quelques-uns de ces poëtes sont connus par des ballades, de petits poèmes ; les autres

[1] *De Bloyende Jeugd.*
[2] *De Kersauwen.*

ont travaillé pour le théâtre. Voici les titres de quelques pièces ; — pour les *moralités : Tspel van Maria hoedeken. Den afgod Bel en Babel. Tspel van Gewillich Labner ende vole van neeringhe. Tspel van eens anders welvaren. Salomons eerste rechtspraeck. 'T spel der Passie Christi. 'T spel van de Dood sonde. Tspel van de Verryssenise. Tspel van den Willecome van den predicaren int cappittele provinciael*, etc. ; — pour les *ébattements : Duypen en gebuerinne. Welgemaniert, Beleeft van seden, eenen man statelyk gecleet, Bot verstand. Esbatement van den koopman die vyf pondt grooten vercusten. Esbatement van Scaemel Gemeente ende Trybulatie. Esbatement van Boerdelie Pleghen ende Ghenoughelie Voorstel*, etc. ; — pour les *jeux de table : Een spel van twee personnages, een schoenlapper met zyn wyf. Eene ghenouchcliche clute van* NU NOCH. *Een tafelspel van twée personnagien, eenen Man ende het Wyf, gecleet up zyn boersche. Een tafelspelken van twee personnagien om up der dry coninghen avond te spelen*, etc. ; — pour les *épîtres dédicatoires : Sottelyk voorstel. Motken Bouwens, Slimmen diel en lange Lauw. Den sorchvuldigen mensch*, etc. Quelles que soient ces pièces, la plupart manuscrites [1], on peut dire que dans quelques-unes les fictions, la morale, le mérite de l'invention rachettent le manque d'entrain, l'absence des situations saisissantes, des péripéties inattendues. Pour ce qui est de la langue, on ne commença à l'écrire plus correctement que lorsque JOSSE LAMBRECHT, typographe à Gand, publia, en 1550 : *Nederduytsche spelling*, et que ANTOINE VAN T'SESTICH ou SEXAGIUS, né à Bruxelles et avocat au grand conseil de Malines, fit paraître à Louvain, en 1576 : *Orthographia van de nederduytsche tael* [2]. Du reste, tous les ouvrages des Rhétoriciens attestent,—ce qui n'avancerait pas peu notre nationalité, si nous voulions suivre cet exmple, —que poètes, artistes, hommes de serment, savaient mettre en

[1] A la Bibliothèque royale de Bruxelles.
[2] J. F. Willems: *Verhandeling over de Nederduitche Tael- en Letterkunde.*

commun leur vie, leurs moyens, leurs espérances, pour faire les choses aussi grandes que le permettait l'époque.

La sociabilité qui s'en répandit, l'esprit public qui s'en accrut au profit de l'esprit national, eurent pour résultat que les nobles ne restèrent plus simples spectateurs des jeux scéniques. Plusieurs se firent recevoir comme membres, soit pour donner plus de splendeur aux Chambres, soit pour prendre part aux travaux, soit enfin pour servir de Pactole au cas que les caisses ne pussent faire face à des réjouissances extraordinaires. Nous ne ferons mention que de quelques souverains, afin de prouver que la grandeur du trône n'était pas incompatible avec la dignité de prince de Rhétorique. Jean IV, duc de Brabant, ayant fondé, en 1426, l'université de Louvain, voulut ménager l'amour-propre de ceux qui, avant l'érection de cet établisssement, avaient généreusement contribué à répandre l'instruction. Il prit le parti d'établir, parmi les Rhéthoriques de son duché, une certaine hiérarchie avec des priviléges ; il accorda à la *Marguerite* de Louvain la suprématie sur toutes les autres, et, pour contenter tout le monde, se fit membre du *Livre* de Bruxelles. Maximilien d'Autriche ne protégea pas moins ces institutions. Sa vénération pour la poésie flamande, le porta, en 1492, à inviter les Rhétoriques de Flandre à Malines pour choisir parmi elles une Chambre suprême, bien que l'*Alpha et Omega* d'Ypres le fût déjà par droit d'ancienneté ; le choix tomba sur la *Fleur de baume* de Gand. Son fils Philippe-le-Beau devint membre de cette Chambre ainsi que du *Livre* de Bruxelles, et à cette occasion il donna lui-même un concours dont le prix consistait en une bague enrichie de diamants, que remporta JEAN VAN DEN DALE, du *Livre* de Bruxelles. Guillaume prince d'Orange se fit admettre chez les *Violiers* d'Anvers [1]. A part la protection accordée aux Rhétoriques, les souverains et les grands dignitaires ne se plaisaient pas moins au tir des serments ; c'était complaire à deux sortes

[1] Willem Kops. — Hendrick Van Wyn, — Joseph Van Ertborn.

d'institutions, entre lesquelles régnait toujours la concorde, et dont les sympathies pour la couronne n'avaient rien d'équivoque [1].

Comme on le voit, les chefs de l'État ne dédaignaient point les Rhétoriciens, et ceux-ci ne laissaient échapper aucune occasion pour en témoigner leur reconnaissance. Ces marques de respect se manifestaient ordinairement par des spectacles en plein vent. En 1440 les Chambres de Bruges donnèrent des représentations à Philippe-le-Bon. Les *Violiers* d'Anvers jouèrent, en 1486, devant l'empereur Frédéric, Maximilien et son fils Philippe; en 1520 ils donnèrent un spectacle à

[1] Plusieurs princes et nobles personnages ont eu l'adresse d'abattre l'oiseau au tir : Charles-le-Téméraire en 1466; Maximilien en 1510; Charles-Quint en 1512; Marguerite d'Autriche en 1518; Philippe de la Lalain en 1527; le comte d'Egmont en 1551; Guillaume prince d'Orange en 1564; le duc d'Albe en 1568; Alexandre Farnèse en 1587; Charles comte de Mansfelt en 1592; François de Lorraine duc d'Aumal en 1599. — Et dans la période suivante : Isabelle-Claire-Eugénie en 1614; Charles duc de Lorraine en 1649; l'Archiduc Léopold en 1651; Maximilien Emanuel Electeur de Bavière en 1698 : *Les délices des Pays-Bas*.

Charles-Quint ; en 1550, ils en offrirent un à Philippe II, dans le monastère de St.-Michel. Le *Livre* de Bruxelles donna, en 1558, plusieurs représentations à Émanuel-Philibert de Savoye. En 1578, les *Fontainistes* de Gand, jouèrent quelques pièces devant le prince d'Orange, et, les jours suivants, les autres Chambres de cette ville en firent autant [1].

Quoique les Rhétoriques n'eussent rien de commun avec la politique, les souverains cependant avaient parfois recours à leur art. En voici un exemple : En 1477, Maximilien d'Autriche étant en guerre avec la France, eut besoin de fonds. Il engagea le magistrat de Bruges à s'adresser aux deux Chambres pour que celles-ci voulussent donner un spectacle de nature à faire comprendre aux bourgeois la situation du moment. Il y fut déféré, et l'on joua sur un chariot traîné par des chevaux, une pantomime représentant *le pays*

[1] Willem Kops. — Joseph Van Ertborn. — J. F. Willems : *Belgisch Museum*.

en danger par le manque d'argent [1]. Ceci prouve aussi que la mimique était réservée aux chars de triomphe ; c'est de là, sans aucun doute, que nous sont venues les *cavalcades*, dont Malines, Anvers, Bruxelles, ont conservé les traditions.

Comme toutes les parties des beaux-arts, parvenues à leur apogée, ne peuvent se soutenir en présence d'un sceptre de fer, le règne de Philippe II vint comprimer le génie des Chambres et partant annoncer leur décadence. Depuis 1533, époque où un laïque instituteur, nommé Maître Joan, avait donné avec ses élèves une représentation dans l'église d'Audenarde [2], on n'avait plus rien vu de semblable dans les lieux sacrés. Quelques Rhétoriciens ayant embrassé la réforme, osèrent, à Anvers, fronder, dans les prêches, le gouvernement et le saint-office. Pour y mettre un terme le cardinal de Granvelle, en 1559, établit la censure et défendit de jouer

[1] Willem Kops.
[2] D. J. Vander Meerch : *Belgisch Museum*.

publiquement la comédie sans la permission de l'autorité [1]. Immédiatement après le célèbre concours d'Anvers, en 1561, les exemplaires du recueil de toutes les pièces de cette fête, furent saisis ; il n'en échappa qu'un petit nombre [2]. La même année l'autorité fit fermer la Chambre qui s'était fondée depuis peu à Anvers, sous le titre de *Papgulde* [3]. Presque en même temps on défendit, par ordre du magistrat, aux Rhétoriques de Bruxelles, de chanter des chansons et de jouer des pièces en public sans avoir soumis les unes et les autres à l'autorité. Cet ordre laissait beaucoup de latitude ; le *Bluet* fut le premier à en faire usage, en mettant au concours pour l'année suivante, les questions que voici : 1° pour un poème à refrain, appelé *refryn : Wat den landen can houden in rusten* (Que peut conserver la tranquillité du pays ?); 2° pour être traité en chanson, le sens : *Als David speelde op zyner herpen , verdryvende*

[1] Gérard Van Loon. — Chr. Van Lom.
[2] Ph. Blommaert.
[3] J. F. Willems : *Belgisch Museum*.

Sauls boosen geest (Quand David pinçait de la harpe, il délivrait Saul de l'esprit malin). L'à-propos faisait tout le mérite de ces deux questions. Le 26 juillet 1562, les sociétés concurrentes vinrent lire leurs poèmes et chanter leurs chansons dans le local du *Bluet* et à huis clos [1].

On sent que le gouvernement vexait les Rhétoriciens; aussi après la capitulation d'Anvers, en 1585, des Flamands et des Brabançons passèrent-ils en Hollande pour s'y établir. Afin d'entretenir le culte des muses, les Brabançons fondèrent à Amsterdam deux Chambres : *De witte lavender bloem*, et *Het vygenboomken*; les Flamands fondèrent, à Harlem : *De witte angieren*, et à Leide : *De orangie lelie* [2]. On verra dans la période suivante que ces Rhétoriques ont dignement maintenu la réputation des Chambres belges.

[1] Willem Kops.
[2] Willem Kops.

II

PÉRIODE DES MYTHES.

Depuis le règne d'Albert et d'Isabelle jusqu'au gouvernement de Marie-Élisabeth.

Si la langue flamande était encore loin de la perfection qu'on se plaît aujourd'hui à lui reconnaître, elle ne manquait ni de grâce, ni d'originalité. Toutefois, si elle trahit ici une pauvreté d'expressions, là une diction flasque et lâchée, défectuosités que la marche lente du progrès fait seule comprendre, il n'est pas moins constant que les Rhétoriciens connaissaient leur époque, le goût des masses, les instincts religieux, à tel point qu'ils étaient parvenus à créer un théâtre national ainsi que cette manière de présenter les idées, qui reflette le caractère du peuple, qui est au niveau de l'intelligence de chacun, et qu'on peut appeler littérature indigène. Oui ! ils avaient une littérature belge, et tellement belge que la Hollande ayant toujours eu les mêmes allures, s'en éloigna, sous Maurice de Nassau, pour prendre aussi un type particulier.

Il est juste de faire remarquer que, toujours portés à attirer la foule au moyen de spectacles, ils ne songeaient guère au perfectionnement de la langue ; les Rhétoriciens bataves avaient pris ce soin. Déjà, vers la fin du siècle passé, en 1581, les *Églantiers* d'Amsterdam[1], avaient donné un bel exemple, provoqué probablement par les publications de JOSSE LAMBRECHT et d'ANTOINE SEXAGIUS. Cette Chambre était alors dirigée par Spiegel, Visscher et Hoornhart. Ces trois hommes de talent considérant que les Rhétoriques se

[1] *Eglentieren.*

bornaient à jouer la comédie et à faire des vers, jugèrent convenable d'essayer de leur faire cultiver l'idiome flamand, qu'on parlait alors depuis l'embouchure de l'Amstel jusqu'à la source de la Lys. Ils prirent l'initiative en mettant cette étude au nombre de leurs travaux. Leurs efforts portèrent bientôt des fruits ; en 1584, ils publièrent : *De Nederduitsche letterkunst*, et l'année suivante : *Kort begrip des Redenkavelings*. Cependant ils eurent peu d'imitateurs. A part cela, la Hollande doit aux *Églantiers* tous ses grands poètes [1].

Ce que la langue n'avait pu acquérir sous la direction de Spiegel, elle le gagna plus tard par le talent de Vondel et de Hooft, Hooft cet illustre Rhétoricien ! Devenue riche, élégante, harmonieuse et, par sa phraséalogie, quelque peu germanique, elle se généralisa chez nos voisins du nord. Cependant sa forme primitive et sa naïve simplicité furent conservées sous le climat où la nature eut placé son

[1] Willem Kops.

berceau. Tout cela s'est perdu depuis. — Il est assez singulier que le même idiome, ici peu cultivé, là perfectionné, s'appelle, séparé par les frontières, le hollandais et le flamand. Est-ce à dire que ce soient deux langues ? Ce n'en est qu'une seule, mais parlée par deux nations différant de mœurs, de caractère, de goûts. Si le hollandais, à quelques différences près, n'était pas le bon flamand, le flamand de nos jours, pour être langue à part, devrait rappeler sa forme primitive et sa naïve simplicité, et ne pas emprunter ailleurs.

Quoiqu'il en soit, nos Rhétoriciens, pendant quelque temps, laissaient faire les *Églantiers* et les coryphées du théâtre hollandais. Dites à un vieillard que les principes qu'on lui a inculqués dans sa jeunesse ne sont plus de mode ; s'il le croit, il pensera néanmoins qu'on ne fera pas mieux que de son temps. Ainsi, fiers d'un beau passé et persuadés de faire tout autant que leurs devanciers, ils croyaient bien à ce qui se passait au port de la Zuiderzee, mais habitués à des règles faciles, ils restèrent à peu près dans la vieille routine.

La langue française étendant peu à peu son empire, devint familière à quelques-uns de nos poètes. Ce que la littérature flamande y profita se réduisit à peu de chose. Les refrains et les chansons gardèrent leur traditionnelle destination, c'est-à-dire qu'ils servirent de morceaux de concours, auxquels on joignit le sonnet; c'était du nouveau. Quant aux *ébattements*, rien ne prouve que le génie de Molière avait fait faire le moindre pas. Par contre le genre sérieux ne s'inspira plus aux mystères de la foi, et l'on chaussa le cothurne. Quoique de nouvelles *moralités* fussent encore mises au jour en dépit même de Vondel qui leur avait donné le coup de mort par son *Lucifer* et sa *Sainte Ursule avec ses onze mille vierges*, il y eut une tendance à des conceptions moins froides, plus dramatiques, respirant un parfum de belle poésie. Mais les nombreux athlètes du théâtre rhétoricien n'étaient pas assez puissants pour se frayer un passage dans le domaine du vrai beau. Ne pouvant pas monter au sommet de l'Hélicon et ne voulant pas non plus descendre au bas, ils se tinrent au gradin qu'ils avaient atteint, en courtisant une manière de Melpomène antique. Du catholicisme, ils tombèrent en plein paganisme. L'histoire profane et la mythologie furent mises à contribution, et les *mythes*, interprétés. Tout le progrès consista à faire des tragédies sur le ton de l'épopée ou de l'églogue, et à introduire l'usage des décors. On peut dire que les *moralités* ne changèrent que d'habit, car c'était allégorie pour allégorie; mais au lieu de la doctrine théologique il y avait des leçons de mœurs; des personnages sensés réels remplaçaient les figures emblématiques, surnaturelles; une action claire, quoique pas toujours vraisemblable, laissait loin derrière elle les données mystiques. La scène, malgré cette transfiguration, n'en était pas moins à cent lieues de la hauteur qu'elle avait atteinte à Amsterdam et surtout à Paris. Voici comment on intitulait encore les pièces; dans le genre sérieux : *De manmoedige Olimpia ofte verlost Roomen. Het spel van Ferdinandus. Het spel van den heyligen ridder Gommar patroon der stadt Lier. Alphonsus en*

Thebasile ofte herstelde onnooselheyt. Den grooten hertoghe van Moskovien oft gheweldighe heerschappeye. Treurspel van de heylighe Cecilia, martelaresse. Den verloren zoon Osias oft bekeerden zondaer. Vraek van verkrachte huysheydt, bewesen in 't rampsalig leven van de princesse Theocrina onteert van den ontuchtigen en bloetgierigen Amurath. Blyeyndig treurspel van de gravinne Nympha en Carel, hertogh van Calabrien, of wraeklustighe liefde, etc. Dans le genre comique : *Den grooten en onverwinnelyken Don Quichot de la Mancha, oft den ingebelden ridder met zyn Schildknaep Sance Panche. Geluk en ongeluk, ofte de bedrooge dienst knaepen. Den verliefden Periander. Bon Jan en Sanderyn ofte het tweede deel van den verliefden Periander. Den Nieuwgezinden doctor Quinten-Quaek. Kluchtwyse commedie van de ontmaskerde liefde. Cluchte van een misluckt overspel. Kluchte van Hans Holleblock. Cluchte van Jan Goethals en Griet, zyn wyf, bedrogen door twee geapposteerde soldaten*, etc. Si les *factors* s'étaient soucié de faire de Corneille, de Racine, de Vondel, de Hooft, au lieu de s'en tenir à admirer le génie de ces maîtres, nous serions peut-être en mesure de constater l'apparition du bon goût ; mais leurs ouvrages, imprimés ou manuscrits [1], au lieu d'offrir les premiers linéaments de l'art, pèchent contre les exigeances du théâtre et le soutenu des caractères. C'est partout un pâle dessin à contours heurtés, rien n'y est passé tant soit peu au burin, rien n'y est touché de main de maître. La forme est prétencieuse, mignarde, portant à faux ; la pensée, emphatique, boursoufflée, tendant au fleuri.

Voilà le degré que l'art avait franchi. S'il n'y a pas un avancement notable, on ne doit pas s'en prendre exclusivement aux Rhétoriques, on peut en accuser, en partie, le gouvernement, pour lequel ne semble militer aucune raison [2]. Lorsque les esprits commençaient à se remettre de la tyrannie espagnole, il fut défendu d'imprimer et de vendre des pièces de théâtre [3]. Une pareille mesure sous

[1] A la Bibliothèque royale de Bruxelles.
[2] Willem Kops. — Joseph Van Ertborn.
[3] Ph. Blommaert.

le règne d'Albert et d'Isabelle doit surprendre. Ce n'était certes pas pour arrêter la fièvre d'écrire, car nos souverains savaient protéger les hommes de talent. Était-ce pour garantir la morale publique des mauvais livres? mais les ouvrages dramatiques ne contenaient rien de licencieux. Si l'un des deux n'est pas le vrai motif, il est permis de croire que le désir de ramener indirectement au giron de l'église les comédiens, excommuniés alors, y ait été pour beaucoup. Cette intention, quelque bonne qu'elle fût pour l'époque, ne put cependant pas empêcher les *factors* de produire, ni les acteurs de jouer. Au défaut de la liberté de la presse on évoqua le droit de multiplier les écrits au moyen de la copie.

Cependant, après les arrangements faits avec les États de Hollande, dont la trêve de douze ans fut la conséquence, le trône devenant de jour en jour plus stable, le conseil de Brabant, en 1609, rendit aux Chambres leurs franchises; permit de représenter toutes sortes de pièces, pourvu qu'elles fussent examinées par le curé de la paroisse, et de les publier avec approbation [1]. Mais autant il était facile de copier un manuscrit, autant il était difficile d'obtenir l'approbation. Du reste, peu de Rhétoriques approuvèrent la censure, la majorité même aima mieux garder en portefeuille ses pièces de concours; nous serions fort embarrassé d'en citer trois qui obtinssent la permission de faire imprimer leurs recueils.

Malgré cet obstacle, si bien inventé pour étouffer le talent, nous trouvons encore lēs *factors* suivants : CORNEILLE DE BIE, de l'*Arbre croissant* de Lierre ; JOHAN THIEULLER, doyen de la *Pivoine* de Malines ;N. PERCLAES, du *Livre* de Bruxelles ; BALTHASAR WILS, de la *Branche d'Olivier* d'Anvers ; CORNEILLE WILS, frère du précédent, de la même Chambre ; P. L. VAN HOOGSTRAETEN, des *Violiers* d'Anvers ; F. VAN STEENSEL, de la *Pivoine* de Malines ; GUILLAUME VAN NIEUWELANDT, de la *Branche d'Olivier* d'Anvers ; PIERRE VAN EERSEL, de l'*Arbre*

[1] Chr. Van Lom.

croissant de Lierre ; PIERRE VAN MULLEM ; ALEXANDRE DE FORNENBERCH, des *Violiers* d'Anvers ; JEAN DE VLACKGRAVE, des *fontainistes* ou *Saint-Antoine* de Courtrai ; GUILLAUME DE GORTTER, de la *Pivoine* de Malines ; B. HOOTMAN, du *Souci* de Vilvorde ; MELCHIOR JANSSENS, de l'*Arbre croissant* de Lierre ; J. LAMBRECHT, de Bruges ; JOSSE MATTELAER, prince de la *Sainte-Croix* de Courtrai ; HENRI DE KA, de l'*Arbre croissant* de Lierre; CLAUDE DE CLERCK, du *Bluet* d'Ypres ; SÉBASTIEN VRANCK, des *Violiers* d'Anvers ; M. LAMMENS, de la *Fleuraison du froment* d'Arschot [1] ; GISLÈNE VAN SCHELLE, des *Violiers* d'Anvers ; IGNACE HOBRECHT, de Courtrai ; HENRI FAY-D'HERBE, de la *Pivoine* de Malines ; MELCHIOR-BALTHASAR VAN BORTEL, de l'*Arbre croissant* de Lierre ; GUILLAUME OGIER et sa fille BARBE, des *Violiers* d'Anvers; GUILLAUME CAUDRON, des *Catherinistes* d'Alost ; GERARD VAN DEN BOSCH, de la *Branche d'Oli-*

[1] *Het Tarwen bloedsel.*

vier d'Anvers ; F. E. DE CONINCQ, des *Violiers* d'Anvers ; M. DE SWAEN, prince de la *Rhétorique* de Dunkerke ; ANTOINE VLAS, de Bruxelles ; MICHEL BETTENS, id. ; MARTIN VAN WICHELEN, de Hal ; ANTOINE HVAERT, id. ; VINCENT DELSA, de Courtrai ; JOSEPH DE RO, id. ; JEAN CASSELS, id. ; C. FONTEYNE ; H GOOSSENS ; etc.

On peut considérer ces auteurs comme les derniers soutiens de la littérature *factorienne*; il faut bien l'appeler ainsi puisqu'il s'était surgi une pléïade de poètes de style châtié, de grandes pensées, de conceptions profondes. Tels que JACQUES ZEVECOTIUS ; DANIEL HEINSIUS; GUILLAUME VANDER BURCHT; PIERRE VLOERS ; JOSSE VANDER CRUYCEN ; OLIVIER DE WREE ; JUSTE DE HARDUYN ; JEAN-PIERRE VAN MALE ; FRANÇOIS GODIN ; HONORÉ VAN DEN BORN ; THÉODORE WALHORN. ; CLAUDE DE GRIECK ; ADRIEN POIRTERS ; GERARD VAN WALSCHATEN ; PIERRE DE VLEESCHAUDERE ; LOUIS BROOMANS ; JEAN DE LEENHEER ; etc. C'était à ceux-ci qu'appartenait le devoir de reprendre la littérature où les *moralités* l'avaient laissée, et de lui donner le baptême du génie qui la rend impérissable ; les Rhétoriciens ne rêvaient que la gloire des jeux scéniques, eux auraient dû songer à nationaliser l'art. Ce qu'ils n'ont pas fait, l'avenir peut-être le fera.

Si le nombre des Chambres avait décru en raison de leur renommée, c'est ce qu'on ne peut affirmer. Toutefois la plupart de la période précédente étaient encore en vogue. Quant aux nouvelles, nous rencontrons en Flandre : — à Houthem : le Serment sous la devise : *Hitte werkt in geur vloeyende* ; — à Alveringhem : le serment, devise : *Schamel in de bors* ; — à Eggewaertscapelle : le serment de *Saint-François* ;— à Roesbrugge : le serment, devise : *Troostverwachters en lichtdragers* ; — à Pollinchove : le serment de *Notre-Dame* ; — à Wulveringhem : le serment, devise : *Overwinnaers door eendrachtigheyd*[1] ; — à Ypres : *De korenbloem* ; — à Dunkerke : *Rhetorica* ; etc. Dans le Brabant

[1] F. A. Snellaert.

nous ne pouvons en citer aucune nouvelle : peut-être serons-nous plus heureux dans nos recherches ultérieures [1]. En dehors de ceci, nous pouvons dire que l'amour des lettres était tellement enraciné que des Flamands établis à Gouda, fondèrent dans cette ville, en 1617, une Rhétorique portant au blason *De balsem bloem* (la fleur de baume), avec la devise : *In liefde vrugtbaer* (fertile en amour).

A propos de la Hollande, un mot de nos compatriotes qui, pendant la tourmente espagnole, s'y étaient fixés. N'ayant pas encore donné d'échantillon de son talent, — car pour en arriver là, il fallait avoir remporté le *joyau du pays*, — la Chambre flamande de Harlem, *les OEillets blancs*, eut l'honneur, en 1606, d'ouvrir un concours dans lequel la Chambre flamande de Leide, *le Lis orangé*, remporta le premier prix, et elle fit imprimer les pièces des sociétés concurrentes [2]. *La fleur de La-*

[1] Voir l'Appel à la fin de ce volume.

[2] Const-thoonende Jvweel, by de loflycke stadt Haerlem.

vande, Chambre brabançonne d'Amsterdam, en donna un en 1613, et elle fit paraître les morceaux de la lutte [1]. Une dixaine d'années plus tard, en 1624, cette même société publia un recueil de ses poésies [2]. Cette publication-ci produisit l'effet qu'on dut en attendre : *les OEillets blancs* mirent au jour, en 1630, le fruit de leurs travaux ; *le Lis orangé* fit paraître, en 1632, également un volume de ses poèmes [3]. Dans tous ces écrits rien de remarquable ; mais les fictions mythologiques y abondent, la langue est plus correcte, quelques vers passablement tournés. Ce résultat, si petit en comparaison de la perfection à laquelle étaient arrivés les Vondel et les Hooft, peut être attribué à l'ascendant de ces poètes comme à l'impulsion des *Églantiers*.

Parmi les joutes littéraires de cette époque,

[1] Antwoort op de vraghe, uytghegeven by de Brabandsche redenryk camer 't wit Lavender, uyt levender jonst tot Amsterdam.

[2] Levender Redenfeest, ofte Amsterdamsche Helicon.

[3] Willem Kops.

la plus célèbre est celle que la *Pivoine* de Malines donna en 1620. Pour la première fois la *carte* ou programme prit le nom de *missive*. Les *moralités* y furent écartées. Les trois questions proposées eurent pour objet : 1° le plus beau blason ; 2° un refrain ; 3° une chanson. La chambre flamande de Harlem y obtint le prix de la ville la plus éloignée. Pour clore la fête, la *Pivoine* offrit aux concurrents un grand spectacle composé de *Porphyre en Cyprine*, tragédie-pastorale, par JOHAN THIEULLER, et d'un *ébattement*, par HENRI FAY-D'HERBE. Ces deux pièces et tous les morceaux du concours trouvèrent grâce devant la censure et furent imprimés [1].

Ce concours démontre évidemment que nos Rhétoriciens lancés dans l'azur de l'Empyrée et le pré fleuri des nymphes, maniaient à merveille les *mythes* païens. S'ils font parler

[1] De Schadt-kiste der philosophen ende poeten, waer inne te vinden zyn veel schoone leerlycke blasoenen, refereynen ende liedekens, gebracht ende gesonden op de Peoene-Camere binnen Mechelen van d'omliggende steden in Brabant, Vlaenderen, Hollandt ende Zeelandt.

les dieux et les héros comme des grands seigneurs qui, en robe de chambre, manquent souvent de dignité, et, les bergers comme des bourgeois mal appris, il faut au moins leur tenir compte de la régularité qu'ils savaient donner à leurs ouvrages. Les *moralités* n'avaient, à la manière des Grecs, aucune division, les entrées et les sorties étaient marquées en marche ; sous le règne des *mythes* les pièces se divisent en actes, les actes en scènes, et le dialogue a quelque chose de coulant, moins ce jet de la pensée ou cette facilité du vers, qui a fait dire au grand maître que la rime est une esclave. Ici, c'est le plus souvent la pensée qui obéit à la rime. Et puis, il ne faut pas non plus perdre de vue que les tragédies remplaçaient insensiblement les *jeux d'esprit*, titre qu'on ne donnait plus aux pièces de concours depuis 1601, époque à laquelle le *Bluet* de Bruxelles avait proposé une *moralité* que la Chambre flamande de Harlem avait traitée victorieusement [1]. Ce titre existait encore

[1] Willem Kops.

chez nos voisins du nord, ainsi qu'il appert du concours que la Chambre hollandaise de Leide avait donné en 1612, et dans lequel le *saint Esprit* de Bruges avait remporté le troisième prix du refrain et la récompense due à la commune la plus éloignée [1].

L'apparition de la tragédie ne put cependant pas de prime abord réduire les *moralités* à l'inaction; les *Violiers* d'Anvers en jouèrent encore, en 1634, devant Ferdinand et sa cour, lorsque ce gouverneur, après son entrée à Bruxelles, le 4 novembre, visita la ville du commerce et des peintres flamands [2]. Cependant les pastorales devinrent à la mode. On en représenta une, à Bruges, le 3 mai 1659, devant l'évêque Charles Vanden Bosch; elle avait pour titre : *Rachel, ofte thooneel van oprechte liefde, vertoonende door een herder-spel den arbeyt ende getrouwe liefde van den aerdts-vader Jacob* [3].

[1] Const-Riick beroep ofte antwoort op de kaerte uytgesonden by de Hollandsche camer binnen Leyde.

[2] Joseph Van Ertborn.

[3] J. F. Willems : *Belgisch Museum.*

Bien que les Rhétoriciens produisissent des ouvrages dignes de l'attention publique, ils ne parvinrent pas à faire triompher ce nouveau genre. Ils avaient aussi contre eux, d'une part les préjugés, et de l'autre, — ce qui par la suite a été la ruine des Chambres, — l'influence française qui commençait à se faire sentir depuis que Louis XIV avait fait valoir ses prétentions sur les duchés de Limbourg et de Brabant, et qui s'étendait dans toutes nos provinces lors de la guerre de la succession. Toujours distraits par le bruit des armes, et préoccupés des merveilles du théâtre français, ils comprirent à la fin que tout ce qu'ils avaient produit était loin d'être au niveau de ce qui se faisait à Paris. Il y eut pendant quelque temps trêve de luttes, mais non pas de spectacles, de telle sorte que les acteurs continuèrent d'amuser la foule tandis que les *factors* se mirent à la recherche des moyens pour marcher sur les traces des écrivains français. La tâche était lourde, et la langue flamande, encore sans principes arrêtés, en augmenta le poids. Comme ils avaient prouvé que le talent littéraire avait élu domicile sur leur sol, ainsi qu'il peut se fixer, cosmopolite qu'il est, dans tous pays, il n'y eut pas de raison pour craindre qu'ils ne restassent court dans le champ de l'invention. Mais l'invention , c'est le dessin du tableau, l'art paré d'éloquence et d'atticisme en est la couleur, et ils n'avaient pas sur leur palette toutes les nuances de la parole, des idées, des caractères. Cette considération mal envisagée, sans doute par excès de zèle, les jeta dans une fausse route.

III

PÉRIODE DES IMITATIONS.

Depuis Marie-Élisabeth jusqu'à l'avènement de Guillaume Ier au trône de la Belgique.

Au lieu d'assouplir le flamand jusqu'à la délicatesse, la pureté, l'élégance, au lieu de scruter les secrets de bien dire, de persuader, d'émouvoir, les Rhétoriciens — oubliant que nos pères leur avaient légué le soin d'enrichir la littérature, qui ne demandait que des talents capables de l'adapter aux progrès des lumières pour lui assigner sa place parmi les nations lettrées, — s'emparèrent, en désespoir de cause, de tout ce que la scène française offrait de plus nouveau. Tragédies, comédies, opéras, tout fut traduit, quelquefois parodié, souvent compilé. Au néant, *moralités!* qui avez honoré le pays pendant plus de trois siècles. Au néant, *mythes*! qui préludiez à la belle poésie. Au néant?... Non, non! faites seulement place aux *imitations* .

Ce qui paralysa la littérature *factorienne*, ce fut à coup sûr la manie d'imiter. Il ne s'agit plus d'écrire, car écrire c'est faire usage de ses propres pensées, de ses propres sentiments; compiler, parodier, traduire, c'est copier d'autrui, c'est reproduire ce qu'un autre a pensé et senti : ici il ne faut que du savoir-faire, là le talent fait tout. On se lança dans cette déplorable carrière d'abord pour plaire à la foule par de nouveaux spectacles; ensuite pour contrecarrer l'influence française, que le gouvernement même cherchait à neutraliser; et, en dernier lieu, pour se conformer à certaine ordonnance qui avait défendu, à Anvers, en 1726, de jouer en place publique : *Het spel der Passie Christi*, et à

Bruxelles : *Het mirakel der mirakelen* (le miracle du Saint-Sacrement de Bruxelles), les seules et toutes les vieilles pièces qui fussent encore goûtées. Cette dernière raison fut tout à l'avantage des Rhétoriques. Depuis longtemps on connaissait les inconvénients des représentations en plein air. Les tréteaux disparurent, et l'on se mit en devoir de préparer des salles de spectacle pour recevoir le public. Vers 1739 l'*Arbre croissant* et la *Jacinthe* de Lierre, les *Fontainistes* de Gand, la *Marguerite* et le *Rosier* de Louvain, le *Livre* et la *Guirlande de Marie* de Bruxelles, avaient leurs propres théâtres offrant tout ce que peut charmer les yeux au moyen des prestiges de décors. Bientôt se formèrent de nouvelles sociétés, libres et volontaires. Le nombre en fut tel à Gand qu'il y en eut dans toutes les paroisses [1]. Si mon appel est accueilli favorablement [2], j'aurais la satisfaction de rapporter un jour toutes celles qui ont été fondées dans cette période.

[1] Ph. Blommaert.
[2] Voir à la fin du volume.

En attendant nous pouvons déjà mentionner : — à Bruxelles : *den Wyngaerd*, qui se forma de la *Guirlande de Marie* ; *den Parnassus-berg*, qui reçut sa charte de la *Marguerite* de Louvain ; *het Ryk-kruys*, *den Olyftak*, *de Mater-bloem*, *den Lavlier-tak*, *het Pot-aerden-kruys*, *het Gedeons Vlies*, *de Goud-bloem*, *de Goede hoop*, *de Roselaere-Snotdolven* [1], et beaucoup de Compagnies volontaires ; — à Hal : *de broederlyke Vereening* ; — à Vilvorde : le serment *de Sainte Anne* ; — à Boom : *Jong en eerzugtig* ; — à Wildryk : *Vreugd en deugd* ; — à Termonde : le serment de *S. Rochus de Kunstliefde* ; — à Blankenberg : *Hoogmoed en deugd in jonge jaeren* [2] ; — à Deynze : *Rhetorica* ; — à Rousselaer : *Konstliefde vreest geen nyd* ;

[1] Cette société portait d'abord le titre de *Roselaer* (le Rosier). Comme elle était composée de jeunes gens qui avaient le mérite d'être de bons acteurs, le membre d'une Compagnie rivale dit un jour publiquement, en plaisantant, que le *Rosier* n'était représenté que par des *snotdolven* (des morveux). L'épithète fut rapportée à ceux qu'elle frappait ; mais au lieu de s'en fâcher, ils la joignirent à leur titre.

[2] Communiqué par un ancien Rhétoricien.

— à Wacken : *Rhetorica*, et *Zien het groeyt onbesproeyd*; — à Sotteghem : *Daer liefde bloeyt, eendragt groeyt*; — à Zomerghem : *D'oeffeninge leert*; — à Isenberghe : le serment sous la devise : *Geen milder in 't vloeyen*; — à Leysel : le serment ayant au blason le *Saint-Sacrement de l'autel*; — à Ronscapelle : le serment ayant au blason le *saint Sacrement* avec la devise : *Minnaers des ware spyse*; — à Stavelle : le serment *de Troostverwachters* se reconstitue et prend le titre de *Ons Heeren hemelvaert*; — à Wulveringhem : le serment, devise : *Overwinnaers door eendrachtigheyd*; — à Nieuport : *den Roosenkrans*; — à Bassevelde : *Versaemt door liefde*; — à Nederbracle : *Rhetorica*; — à Cruyshauthem : *Houdt hem in liefde*; — à Westoutre : *de Barbaristen door liefde vereenigt*; — à Steenvoord : *de Ontsluyters van vreugden*, et le serment, devise : *Onrust in genoegten*; — à Eecke : *de Verblyders in het kruys*; — à Loo : *Rhetorica*; — à Cluysen : *de Kluysenaers zonder kappen*; — à Houdscharen : *Pertsetreders fonteynisten*; — à Moorseele : le serment, devise : *Door Christus vyf wonden leeft ligt geladen van zonden* ; — à Houtkerke : *Twistbevegters* ; — à Lichtervelde : *de Vreedzamige reyzers* ; — à Grammont : *S^{t}. Adriaen*, *de Mitionisten*, *de Barakspelers*, *Crescamini vetera renovando*, et *Spiritus ubi vult spirat* ; — à Ninove : *Al groeyende bloeyende* ; — à Madelaine-Capelle : *S^{t}. Lasarus* ; — à Poperinghe : *Langhoirs Victorinnen*, et *de Barbaristen* ; — à Belle : *de Spade ryken*, *de Geldsenders*, et *Jong van zinnen* ; — à Thourhout : *Vol arbeyd en geest* ; — à Menin : *d'Heylige dryvuldighyd* ; — à Strazeele : *Van kleendadige beschee* ; — à Polinchove : *de Marianisten*, et *de Zalig geteekende* ; — à Hazebrouck : *Onbedientig in 't werk* ; — à Saint-Winox : le serment, devise : *Eendragtigheyd houd stand* ; — à Sweveghem : *Liefde verwint alles* ; — à Thielt : *Snoeit eer 't bloeyt* ; — à Dixmude : *het Heylig kruys*, et le serment : *Nu, morgen niet* ; — à Nieuwkerke : *de Blyde van zinnen*, et *de Goedwillige in 't herte* ; — à Alost : *Amor vincit omnia*, et *Vincit vim veritas* ;

— à Belleghem : *de Nieuwvloeyende*; — à Harlebeke : *Vroielyk overal*[1] ; — à Audenarde : *den Fynen lauwerier*, *de Leerzugtige companie jongheyd*, *de Vereenigde konstminnaers der rym-spraek-en zangkunde*[2] ; etc.

Sous Marie-Thérèse il y avait à Bruxelles une salle de spectacle dans la rue qui porte aujourd'hui le nom de rue des Comédiens. Des troupes françaises ambulantes y donnaient, pendant l'hiver, des représentations. Leur présence encouragea quelques Chambres à aborder la scène française. Il fallait donc que la manie en question eût pénétré par les pores jusqu'aux os pour commettre encore une imitation d'un autre genre. Bref, les meilleures Rhétoriques ne tardèrent pas à jouer en français et en flamand, et souvent la même pièce, à quelques jours d'intervalle, dans les deux langues. Ce double honneur fut accordé à *Zémir et Azor*. *Le déserteur*. *Lodowiska*. *La belle Arsène*. *Teniers*. *Le*

[1] F. A. Snellaert. — D. J. Vander Meersch.
[2] *Gazette van Audenaerde*, 30 *Juny* 1844.

tonnelier. Les deux chasseurs. La laitière. Annette et Lubin. Le sabot perdu. Les tambours nocturnes. Les deux mannequins. Le festin de Pierre. Georges Dandin. M. de Pourceaugnac, etc.

Il est clair qu'il ne s'agissait plus d'aller à l'encontre de l'influence étrangère ; les Rhétoriciens eux-mêmes prouvèrent péremptoirement que la langue française avait fait plus de progrès en Belgique que le grammairien Des Roches n'en avait fait faire à la langue flamande ; seulement il leur avait appris à écrire correctement, mais le génie de la langue resta par delà les frontières du nord. Tout se borna donc aux *imitations*. Quelques-unes furent imprimées ; la majorité resta en manuscrit, et se trouve dans les archives des sociétés flamandes et de certains amateurs. Si quelques pièces sérieuses ont la prétention d'être originales, il ne faut pas être grand connaisseur pour y découvrir le pastiche, un parler exotique et des larcins impardonnables. Les meilleures, celles mêmes qui sont en quelque sorte exemptes de ces taches, n'ont de belge que l'ortographe de DES ROCHES et la signature de leurs auteurs; on n'y voit, à part le feu poétique, pas plus l'esprit national que le caractère du peuple. Voici les titres de quelques-unes : *David zegenpraelende op Goliath. Bartholdus graef van Grimbergh. Sigismundus, zoon en kroonprins van Bazilius, konink van Polen. Den rampzaligen ondergang van Annaxartus, koning van Persien. Clorinde of de rampzalige door de liefde. Sodoma en Gomorrha*, etc.

Les pièces bouffonnes, il est vrai, offrent le langage populaire, mais, farcies de calembourgs, d'expressions vulgaires, les unes sont d'un comique si dépourvu de sel, si plat, de si mauvais genre, qu'elles pourraient entrer en concurrence avec les charges de nos jours. Telles sont : *Het wasch kamerken. Wie weet waer voor het goed is. De wederzydsche onteering. Den vrywilligen hoorndrager. Den bedrogen bakker. Den verliefden husaer. Den mislukten dragonder. De rys van Italie. Den verloren schildwacht. Klaes Eykenhoud en Guirliermus Mutsaerdstok.*, etc. J'en citerais encore si, par leur titre seulement, je ne craignais de blesser les oreilles chastes. Les autres, ce sont des arlequinades sentant le saltimbanque d'une lieue : *Arlequin dief, prevoost en regter. Arlequin op de vlugt. Arlequin statue. Arlequin Patissier. Arlequin tooveraer. Arlequin actioniste. Arlequin Kleyn-Kind. De triomphe van Arlequin* ; et une foule d'autres tabarinages. Parmi celles d'un bon comique, on peut mentionner : *De maelderesse van Dieghem. Den regtveerdigen Kleermaeker. Den dronkaerd. Den wandelaer of het nacht-spook. Den pelgrim of den dwaelenden geest. De post van eer. Den gemaekten rouw. Het dagelyksch geval. Den verliefden baron*, etc.

Après cela, on n'appela plus la force *clute*, *kluyte* ou *esbatement*, on lui donna son propre nom *klugtspel*. La comédie fut nommée *blyspel*, l'opéra *zangspel*, le drame *tooneelspel*, et depuis les *mythes* la tragédie se rendait déjà par *treurspel*. Pendant que les *imitations* allaient grand'erre, la Hollande tombée dans le même écart, traduisit du français et de l'Allemand tout ce qui lui convenait, et son butin vint considérablement augmenter la pacotille de nos faiseurs.

Si la littérature *factorienne* s'était pour ainsi dire *daguerréotypée* sur la littérature française, on a cependant de l'obligation aux Rhétoriciens et autres auteurs dramatiques pour le talent dont ils ont fait preuve en imitant la plupart des chefs-d'œuvre du théâtre français. Se trouvant dans l'impossibilité de suivre une autre route, ils ont bien fait d'être les commensaux des grands seigneurs plutôt que de tenir table ouverte sans avoir de quoi satisfaire les convives. Après tout ce n'est pas un crime d'obtenir du succès à l'instar des valets de Molière qui réussissent avec les habits de leurs maîtres. Jusqu'à ce qu'on ne se pare pas des plumes du paon, on a droit d'être bien reçu, alors qu'on dépose modestement sur le seuil de la postérité des ouvrages qui, quel qu'en soit le mérite, sont toujours du fait d'une intelligence hors du commun. Nous citerons : JEAN-FRANÇOIS CAMMAERT, de la *Vigne* de

Bruxelles; PIERRE ROBYN, de la *Fontaine* de Gand; CONSTANTIN VANDER EECKE, doyen de la *Marguerite* d'Audenarde; BORGÉ, de la *Branche de laurier* de Bruxelles; G. G. F. VERHOEVEN, de Lierre, marchand à Malines; P.J. DE BURCHGRAVE, de la *Rhétorique* de Wacken; A. E. VANDEN POEL, id.; LE R. P. STEVENS, de Lierre; LIEVIN-FRANÇOIS VAN BOUCHOUTE, chanoine régulier à Gand; J. PH. VAN VAERNEWYCK, de la *Vigne* de Bruxelles; JEAN-FRANÇOIS VANDEN BORGHT, de la *Jacinthe* de Lierre; F. M. PIENS, de la *Vigne* de Bruxelles; J. A. F. PAUWELS, d'Anvers; JEAN DE PAUW, de Gand; GUILLAUME SURMONT, de la *Sainte-Croix* de Courtrai; LAFONTAINE, de la *Vigne* de Bruxelles; LEFRANC, de Bruxelles, poète et compositeur; LECOMTE, d'Ypres; CUVELIER, prince de la *Vigne* de Bruxelles; ROGIER, de l'*Arbre croissant* de Lierre; J.B. DE PAPE, prêtre, des *Barbaristes* de Courtrai; JEAN DE BAKKER, de la *Marguerite* d'Audenarde; DHUYGELAERE, de la *Rhétorique* de Deynze; TH. VAN LOO, de Bruges;

A. De Schryvere, de Gand; P. Rolaert; J. B. J. Hofman, de la *Sainte-Croix* de Courtrai; Hubert Van Ghele, du *Laurier franc* d'Audenarde [1]; Kuyper, de Gand; Eyers, de Lokeren; Spineau, de Bruxelles; Hanssens, id.; Van Puer, id.; Voié, id.; Rombaut, id.; Mertens, id.; Visscher, de la *Vigne* de Bruxelles; Slosse, id.; Ceuster, id.; J. Bapt; Petra Antonio Kimpe; Pierre-François De Grave; J. B. Hendricx; Jacques Vander Sanden; Capellemans; Jacques Bruwier; Butteel; Goessey; Josse Vermersch; Volkerik; Jean Vos; Joseph Casier; Adrien De Clerk; Isaak Vos; Arnold De Cock; Servois; J. B. Heirwegh; Martin Van Herzeel; etc.

Il est certain que le déplorable état des lettres tenait aussi aux chartes que les Rhétoriques s'obstinaient à laisser intactes. Comme le mal était grand, il fallait y porter remède ou laisser mourir la langue de nos

[1] *Den fynen Lauwerier.*

nos ancêtres. Des hommes sages parvinrent à décider quelques Chambres à changer leurs statuts. Les nouveaux règlements furent le maintien des sociétés, et le moyen de relever un peu la littérature flamande. Un résultat satisfaisant se fit attendre bien des années puisque ce ne fut qu'en 1810 que la *Sainte-Catherine* d'Alost donna un concours purement littéraire pour chanter *les Belges*, dans lequel Lesbroussart obtint le premier prix du français et P. J. De Burchgrave, le premier prix du flamand.

Longtemps avant cette lutte, c'est-à-dire vers la fin du XVIIIe siècle, les concours des Rhétoriques avaient changé de face. Ce n'étaient plus ces fêtes à refrains, à chansons, c'étaient tout simplement des combats dramatiques. On commença par appeler les Compagnies dans la lyce pour jouer toutes la même tragédie et le même opéra ; on finit par leur laisser le choix des pièces que chacune d'elles voulait représenter [1].

[1] F. A. Snellaert.

Comme les Chambres de Bruxelles faisaient courir toute la ville, la noblesse aimait aussi à se délasser à leurs spectacles, et elle savait leur donner des gages d'estime, en leur tendant une main protectrice. Ainsi la *Vigne* eut d'abord pour protecteur le prince de Berghes, gouverneur de Bruxelles, ensuite, pour prince héréditaire, le prince Charles de Lorraine, et finalement, pour président d'honneur, le marquis d'Arconati. Le président d'honneur de la *Riche-Croix* fut le baron Van Weerde, qui fit relier le livre d'or de sa Compagnie en argent massif. La *Fleur de Lis* eut le marquis de Leide; la *Matricaire* [1], le comte Vander Dilft; la *Branche d'Olivier*, le comte Van Maldeghem; etc.

Sous un tel protectorat leur prospérité devait être grande puisque les membres de la *Matricaire* avaient, dans leur local, chacun leur pinte en porcelaine et à couvercle d'argent. Et puis, dans les réjouissances publiques et les grandes fêtes de l'église, elles y

[1] *De Mater-bloem.*

contribuaient de toute la pompe qu'elle savaient donner aux cavalcades, lesquelles représentaient toujours des sujets dans le goût des *moralités*. La plus magnifique était celle qui circulait en ville à la grande kermesse, et qu'on appelait *den Ommeganck* (pélerinage et procession du St.-Sacrement de miracle[1]). Ce n'est pas tout; les dépenses des spectacles étaient supportées par les sociétaires qui avaient au moins la probité de ne pas spéculer sur la recette d'une représentation. Ils distribuaient des cartes d'entrée, appelées d'un vieux terme *plackquelle* ou *plackgillen*, à leurs parents et amis, et ce sans le moindre lucre; seulement, lorsqu'ils jouaient au profit des pauvres, on donnait à la porte selon sa générosité. Chez les membres de la *Riche-Croix*, qui étaient tous d'opulents bateliers et les doyens de ce métier, il n'y avait jamais d'entrées de faveur, parce qu'ils ne jouaient que pour les indigents. Afin de ne pas faire suspecter

[1] Auparavant, après la cavalcade, on représentait publiquement sur la grand'place : *Het Mirakel der Mirakelen* : Voir page 71.

leur charité, — aujourd'hui on dirait philanthropie, et pour cause, — à chaque représentation, ils invitaient deux maîtres des pauvres d'une paroisse pour être présents à la recette, et pour en emporter le montant dès que les places étaient prises. Chaque paroisse de la ville avait ainsi son tour qui revenait plus d'une fois dans le courant de l'hiver. Le pauvre s'en trouvait bien, car, au vu et au su de tout le monde, la *Riche-Croix* ne détournait jamais un denier de la recette.

Sous le gouvernement du prince Charles de Lorraine, il était loisible aux Rhétoriciens de disposer du théâtre de la place de la Monnaie, occupé par une troupe française sous la direction de Dentaire. La location de la salle et des costumes coûtait cinq pistoles, et pour la lumière on payait trois couronnes. Ne se contentant plus de l'exiguité de leurs locaux, quelques Rhétoriques donnèrent de temps en temps des représentations à ce théâtre. La cour et la noblesse les honorèrent souvent de leur présence, et le prince Charles ne manqua jamais de les indemniser, en faisant des dons aux meilleurs acteurs ou à la société elle-même. C'est ainsi qu'il glissa un soir, au sortir du spectacle, dans la main d'un acteur de la *Vigne*, quelques pièces d'or accompagnées d'un compliment. Une autre fois, il envoya de sa loge un rouleau de louis aux comédiens de la *Fleur de Lis* [1].

Comme il s'était élevé un différend au sujet du prix de loyer du théâtre de la Monnaie, entre les propriétaires, certaines demoiselles Meeus,et Dentaire, celui-ci, soit que sa caisse fût à sec, soit que la vie de grand seigneur qu'il menait à son château à Haeren, près de Dieghem, ne lui permît pas de se renfermer dans les conditions du contract, laissa fermer le théâtre. Sa troupe sur le pavé et la noblesse privée d'amusement, il n'y eut qu'un moyen de rompre l'ennui de celle-ci et de tirer celle-là de la gêne. Fiston, allemand d'origine, chef d'orchestre, trouva ce moyen au *Coffy* près de la Grand'Place. Attenant à ce cabaret, il y avait un immense hangard. Fiston, qui avait probablement des instruc-

[1] Rapporté par un témoin occulaire.

tions secrètes, alla trouver le propriétaire et convint avec lui de transformer le hangard en salle de spectacle. Le prince Charles paya une grande partie des travaux, et, grâce à sa munificence, la troupe de Dentaire put reprendre ses représentations. Cependant ce directeur négligeant ses intérêts, en allant trop souvent à son château, finit par se trouver dans de mauvaises affaires. Prévoyant sa chute, Fiston s'empara d'une de ces idées qui ne viennent qu'à des hommes capables d'apprécier le mérite des acteurs qui, quoique jouant en société, égalent souvent de grands artistes. Il forma une troupe des meilleurs Rhétoriciens. Sa plus belle acquisition fut, sans contredit, *Heintje* Mees [1], premiers rôles en tous genres.

[1] Henri Mees, connu sous le nom de *Heintje* Mees, naquit à Bruxelles, sous le règne de Marie-Thérèse, dans la petite rue du Chien-Marin aboutissant à la rue de Flandre. Son père était ouvrier charpentier et sa mère vendait de petites dentelles au marché. Jusqu'à l'âge de douze ans Henri n'avait porté ni souliers, ni sabots. Le gamin déguenillé vivait de la charité publique. Lorsqu'il arrivait du poisson avarié, les doyens des poissonniers l'ayant nommé tambour du marché,

C'était une basse-taille, — je puis le dire de l'aveu de trois vieillards qui l'ont connu, — d'une force et d'un timbre si grave qu'elle faisait vibrer les décors, la rampe et même les cloisons des quatrièmes. Après lui, Bruxelles n'a plus rien eu de pareil; ni Serda, ni Eugène ne l'ont pas égalé. D'après cela on pourrait ranger les moyens de Heintje Mees parmi les fables; mais je déclare vrai et irréfutable ce que j'en dis. Poursuivons. Ayant engagé un tel sujet, Fiston ne rencontra aucune difficulté auprès de Debattu,

Henri s'acquitta de sa fonction; tout en battant la caisse, il marchait par la ville suivi d'un autre malheureux qui, portant au haut d'une perche une raie ou une flotte, annonçait l'état du poisson *. Le tambour était donc le premier instrument dont jouât Heintje Mees; mais il en possédait un que la nature lui avait donné et dont il devait tirer parti plus tard. Comme il était poli, honnête, il savait par-ci par-là se rendre utile. Ayant un jour aidé à faire fonctionner les décors du théâtre de la *Fleur de Lis*, il fit si bien que cette Rhétorique l'employa à chaque représentation. C'est-ce qui décida de son goût pour la scène. Ne pouvant plus modérer son ardeur, il demanda et obtint la permission d'apprendre à lire, à écrire, à jouer la comédie, au soin des membres de la *Fleur de Lis*. En peu de temps

* De là le proverbe bruxellois : *Visch boven staek*.

de Bruxelles, seconde basse-taille, seconds premiers rôles; Canneel, de Bruges, premiers jeunes amoureux ; Lecomte, d'Ypres, premier ténor, seconds comiques, et peintre de décors; Bultos, de Bruxelles, premiers comiques; Jacques Mees, pères nobles, frère de Henri; Scheltens, de Bruxelles, second ténor; Isabeau, utilités, et coiffeur; les trois sœurs Borremans, de Bruxelles : Noke, première chanteuse, jeunes amoureuses [1]; Jeanne, secondes jeunes amoureuses; Marie, soubrettes; Mme Canneel, dugazons; Jeanne

ses progrès n'étonnèrent pas moins que sa ravissante voix. Devenu Rhétoricien, il charma longtemps ses concitoyens dont il fut généralement aimé. Il joignait au talent de comédie et de chanteur hors ligne, une belle physionomie, une grande taille, un peu d'embonpoint, et la modestie et l'affabilité qui relevaient tous ces dons; c'était le plus bel homme de Bruxelles. Il fit partie de la troupe de Fiston jusqu'à l'entrée des français, et partit avec sa femme, la sœur de Fiston, première chanteuse, pour Saint-Pétersbourg où il était engagé au théâtre, et où il mourut *

[1] Elle épousa le baron Vander Klooster.

* Je tiens ces détails d'un ancien Rhétoricien, M. Pierre Brunneau, qui a été condisciple de Heintje Mees, et auquel celui-ci a appris à battre le tambour au commencement de la révolution brabançonne.

Baron, de Bruxelles, secondes dugazons; Trinette Herneau, de Bruxelles, duègnes; Melle De Bertias, ingénuités; Caroline, secondes soubrettes [1]; Van Mol et Kerkhoven, machinistes; etc.

Ayant loué un terrain dans la blanchisserie qui se trouvait alors où est aujourd'hui la Place des Martyrs, Fiston y fit placer une grande baraque, et tel fût le théâtre de la seule troupe indigène qu'ait eue Bruxelles, et qu'on appelait communément la *compagnie de Heintje Mees*. Elle jouait par semaine trois fois en français et deux fois en flamand. Elle n'existait que quelques mois lorsque Dentaire, pour éviter sa ruine entière, fit banqueroute; ses sujets prirent le chemin de Paris n'ayant trouvé personne qui voulût le remplacer. Cette déconfiture profita à la troupe bruxelloise, dont le talent était déjà connu. N'épargnant rien pour continuer de mériter les faveurs du public, Fiston s'installa

[1] Encore au maillot, Caroline fut trouvée sur le pavé de Bruxelles par une pauvre famille qui l'adopta et lui fit donner de l'instruction.

dans le théâtre de la Monnaie, y fit jouer trois fois par semaine en français, et laissa les deux représentations flamandes hebdomadaires à la baraque. Voici quelques pièces de son répertoire dont la plupart furent traduites en flamand : *La Caravane du Caire. Le nouveau Seigneur de Village. La Calif de Bagdad. Ninette à la Cour. La reine de Colconde. OEdipe à Colone. Anacréon chez Polycarpe. Orphée et Eurydice. Castor et Polux. Le jugement de Midas. Paul et Virginie. Ephigénie en Aulide, etc. Des chefs-d'œuvre de Molière, de Corneille, de Racine, de Voltaire, etc.*

Il eut été facile à Fiston de transporter la scène flamande au grand théâtre, mais en directeur habile, il ruminait un projet pour utiliser sa baraque, et qu'il réalisa comme on va voir. Son entreprise s'étant couronnée de succès, et fier d'avoir réuni tant de talents, il voulut les faire admirer ailleurs. A cette fin, il fit construire deux navires, un pour les artistes, les musiciens, les malles; l'autre pour les gens de service, la baraque, le matériel de la scène. Tous les ans, après Pâques, ces navires quittèrent Bruxelles, et la troupe alla cueillir des lauriers dans nos principales villes et dans toute la Hollande. Dire qu'on la reçut partout à bras ouverts n'est pas une exagération puisque sa renommée la devançait. Cependant un jour elle s'arrête à Malines. A la première représentation la salle est pleine; un acteur, selon l'usage, vient annoncer que la troupe aura l'honneur de représenter, en flamand : *den Plaisirigen Joncker*, précédé, en français, de : *La Rosière de Salency*. La toile se lève ; il fait nuit. On écoute attentivement les premières scènes; mais au moment où la lune paraît pour jeter sa feinte clarté sur la demeure de la Rosière, un murmure s'élève, un tapage formidable s'en suit, et les Malinois de crier que les Bruxellois sont venus pour les insulter. Les acteurs restent stupéfaits. L'un d'eux s'approche de la rampe et demande par quoi ils ont pu provoquer le mécontentement de l'assemblée. Au lieu de donner une réponse satisfaisante, l'assemblée tempête de plus belle et se retire furieuse. Alors les artistes se rappelant le sobriquet par lequel on désignait d'ancienne date les Malinois, se persuadèrent que tout ce vacarme devait être attribué à la présence de la lune. La foule qui eut l'idée de démolir la baraque, en fut empêchée par l'intervention de la police. Le lendemain Fiston alla prier l'autorité de croire que dans l'apparition de l'astre de la nuit il n'y avait pas eu de mauvaise intention de sa part ; mais le magistrat lui retira sa permission, et la troupe fut obligée de déguerpir, contente assez de ne pas avoir été victime de l'amour-propre communal blessé [1].

En résumé, nous pouvons dire que la troupe bruxelloise était aussi riche en talents divers que la meilleure de Paris. Il ne manquait alors qu'une chose pour que notre théâtre devînt national, à savoir, des pièces indigènes.

Après la conquête de la Belgique, par Dumouriez, la Compagnie de Heintje Mees fut

[1] L'authenticité de cette anecdote m'est garantie par deux personnes qui ont vécu dans l'intimité de Heintje Mees.

remplacée par une troupe française. Dès que les orages politiques se calmèrent, il se forma sur les ruines des serments, des corporations de métiers, des franchises communales, quelques sociétés, les unes attachées à la langue flamande, prenant le titre de *Borgers-vergaderingen* ou *Borgers-spelen*; les autres aimant la langue française, s'intitulant Compagnies d'amateurs. Au nombre de celles-ci se trouvèrent *l'Union et la Paix, les Variétés, les Nouveautés, la Bonne foi*, les premières sociétés françaises fondées par des Belges.

Le canon de Waterloo fit disparaître toutes ces nouvelles institutions. Les Rhétoriques seules, semblables aux braves de la vieille garde, tinrent bon; c'est qu'en effet elles n'avaient rien à craindre de l'épée du vainqueur, mais tout de la faux du Temps.

IV

PÉRIODE DES EMPRUNTS.

Depuis l'avènement de Guillaume Ier au trône de la Belgique jusqu'à nos jours.

A peine la Belgique jouissait-elle de la paix rendue aux nations, que les gardiens du temple rhétoricien annoncèrent la reprise du culte de Melpomène. Par malheur, les rangs des adeptes s'étant considérablement éclaircis, la réédification des Chambres proprement dites, devint impossible. Les événements avaient fait de si grands ravages que ce ne fut qu'après avoir rassemblé les débris qu'on parvint à reconstruire la *Fontaine* de

Gand, à replanter la *Vigne* de Bruxelles, à redresser la *Sainte-Croix* de Courtrai. Le *Mont-Parnasse* recouvra son cheval ailé, la *Riche-Croix* fut faite d'un autre bois, et la *Branche d'Olivier*, mise dans un vase d'eau pure. Une sollicitude non moins touchante se remarqua à l'égard des autres Compagnies sauvées du naufrage.

Tous ces soins eurent un résultat plus ou moins satisfaisant. Devant être en harmonie avec certaine mode, ces anciennes institutions prirent le titre de *Maatschappyen van Rhetorica*. Cette nouvelle dénomination n'a cependant pas été en état de faire reverdir la *Branche d'Olivier*, ni de rendre à la *Riche-Croix* ses opulents bateliers ; de nos jours elles ne donnent plus signe de vie. Toutefois elle a maintenu sur sa base le *Mont-Parnasse* ; a fait opérer des miracles à la *Sainte-Croix* par le talent de ses adorateurs [1] ; donné de la sève

[1] La *Sainte-Croix* de Courtrai fut la plus célèbre des Rhétoriques au commencement de cette période. A tous les concours elle remporta le premier prix. Son talent sur le théâtre flamand fut immense; mais toutes

à la *Vigne*, qui offre régulièrement son fruit ; procuré une autre source à la *Fontaine*, dont le jet d'eau dramatique est le plus abondant, le plus florissant du royaume.

Le nouvel ordre de choses avait ceci d'avantageux, c'est que les Rhétoriques y trouvaient tout ce qui était nécessaire ou perfectionnement du flamand ; mais tandis que le hollandais était considéré, par esprit de parti, comme un idiome étranger, peu se sentaient le courage d'entrer dans la voie du progrès, et la littérature dramatique n'eut pas un seul représentant belge. Ne travaillant plus pour leur propre théâtre et ne conservant au répertoire qu'un très-petit nombre d'*imitations*, elles prirent à nos frères du nord toutes les pièces de la scène hollandaise qui fussent de nature à être montées par elles. Aujourd'hui nos

les palmes revinrent de droit à deux de ses membres, J. B. J. Hofman, poète et bon comédien, et sa fille Claranna, la meilleure tragédienne des Flandres. Claranna mourut, à la fleur de l'âge, le 22 décembre 1825. Son père, en 1829, étant 50 ans membre de la *Sainte-Croix*, fit son jubilé. Le 2 août 1835, il rejoignit sa fille dans la tombe : — F. A. Snellaert.

Sociétés dramatiques approuvant un moyen aussi facile, prennent à nos voisins du midi tous les vaudevilles du théâtre français. De là les *emprunts*, sorte de piraterie exercée par des gens civilisés au détriment de leur intelligence, du caractère du peuple, de la nationalité.

A part l'abandon des traditions du passé, quelques *maatschappyen* prirent bientôt un développement à la satisfaction des littérateurs flamands, dont la noble ambition ne tendait à rien de moins qu'à relever le théâtre rhétoricien jadis nationalisé par les *moralités*, ensuite embelli par les *mythes*, et puis francisé par les *imitations*. La *Fontaine*, la *Sainte-Croix*, la *Vigne*, ayant apporté des modifications à leurs règlements, surent raviver les exercices littéraires et se mettre au goût du jour par les jeux scéniques. Elles firent tant et si bien que l'auguste protection du souverain ne leur fit pas faute ; elles devinrent royales. La *Fontaine* dut cette haute distinction, en 1820, à la bonne direction de ses travaux [1]; la *Sainte-Croix*, pour le même mo-

[1] Ph. Blommaert.

tif en 1821 [1] ; la *Vigne*, à un brillant spectacle donné au théâtre du Parc, en 1821, que Guillaume I honora de sa personne. Riches sous le rapport des *emprunts*, elles furent d'une pauvreté exorbitante à l'endroit des productions indigènes ; pas trois pièces, que je sache, ne virent le jour. A l'exception de quelques discours et de petits poèmes, rien ou peu de chose pour la scène. Par leur zèle et bonne volonté elles seraient sans doute arrivées au but désiré, mais 1830 leur barra le chemin, ses suites leur firent jeter un regard en arrière ; maintenant c'est à refaire.

Cependant, à leur côté et à leur exemple, se formèrent d'autres Sociétés, les unes pour protéger la langue flamande, conservant le nom de *Rhetorica* ; les autres pour donner des représentations en français, se qualifiant dramatiques. La différence qui existe entre elles, c'est que les Rhétoriques possèdent encore des écrivains, et que les Dramatiques n'en ont point du tout. Comme elles se trou-

[1] F. A. Snellaert.

vent sur le théâtre à mérite égal, il n'y a réellement de supériorité que du côté des lettres. Au nombre des premières nous avons à Bruges : *Yver en broedermin* ; à Gand : *Broedermin en tael liefde* ; à Audenarde : *de Jonge tooneelisten*; à Bruxelles : *Zucht tot moedertael*, et *Vlaemsche tooneel oefenende maetschappy tot nut van 't algemeen.* Parmi les secondes la capitale se distingue, on y trouve les Sociétés de l'*Émulation dramatique*, de *Léopold*, de *Terpsichore et Gaîté*, de l'*Amitié*, des *Amis réunis*, de l'*Espérance*, de la *Parfaite amitié*, des *Céciliens*, de *Thalie*, des *Muses dramatiques*, de la *Renaissance*, etc. Il ne faut pas omettre celle de *Molière*, la plus jeune de toutes en raison de sa fondation et de l'âge de ses membres, la plupart des enfants. Et puis, il y en a dans nos faubourgs qui rappellent historiquement les serments, ce sont, à Saint-Gilles : *les Arbalétriers à jalet sous la devise de société de Guillaume Tell*, ces arbalétriers donnent des représentations en français et en flamand ; à Koekelberg : la confrérie de *Saint-Martin* ayant pour devise : *Eendragt*, elle joue des pièces flamandes.

On ne peut se dissimuler la propagation des jeux scéniques ; il y a partout un entraînement qui présage un bel avenir. C'est toujours, comme par le passé, la même inclination, le même besoin : des spectacles après les travaux de la journée. *Panem et circenses* ! Les bras à l'industrie et les idées à la scène. Cependant il est à regretter que ces amusements, si nobles, si honnêtes, ne soient pas à la hauteur des progrès que la Belgique a faits depuis peu d'années ; d'une part il y manque tous les éléments du théâtre, et de l'autre, il y a quelque chose d'anti-national. Parlons d'abord de ce qui devrait compléter nos Sociétés flamandes et françaises.

On a vu que le théâtre rhétoricien a été successivement l'expression de trois grandes périodes. Aujourd'hui qu'il est tombé dans le pire des écarts, il importe de préparer une cinquième période, non-seulement pour lui rendre l'action qu'il peut exercer sur les mœurs, mais pour ne pas le laisser se débattre au milieu de la prospérité de l'art musical. Au siècle dernier cet art était encore lettres closes pour les masses. S'il y avait eu alors des sociétés de chant et d'harmonie, le bon sens de nos pères eut fait en sorte que la fusion des Rhétoriciens, des chanteurs, des harmonistes, se fût faite dans l'intérêt de la gloire du pays. Ce qu'ils n'étaient pas à même de faire, nous en avons d'autant plus la faculté que rien ne nous manque. L'union de la lyre, de la voix, de la déclamation, serait en quelque sorte l'exhumation de la concorde qui régnait jadis entre les Chambres et les serments. Chacune d'elles pourrait rester société à part, mais elles formeraient une alliance fraternelle. Au moyen de ces trois éléments de la scène, il ne s'agit pas de demander ce que feraient ces associations *trifides*, mais ce qu'elles ne feraient pas. Bons orchestres, excellents chanteurs, comédiens de talent, il y a plus qu'il n'en faut pour faire de grandes et de belles choses. Et puis, les membres non-exécutants des sociétés d'harmonie et de chœurs, trouveraient un divertissement de plus dans leurs propres théâtres. L'exécution de ce projet permettrait d'ouvrir des concours dramatiques dont jamais, ni en aucun pays, on n'a eu d'exemple. Pour rendre ces luttes vraiment nationales, il faudrait n'y admettre aucun *emprunt*, ni aucun des *flonflons* des petits théâtres de Paris, pour lesquels nos Dramatiques se sont prises de belle passion ; tout devrait être de production indigène. Comme nos compositeurs ne feront pas défaut, nos poètes ne se laisseront pas non plus chercher, et l'on pourra aborder le grand opéra, l'opéra comique, le drame, la comédie, le vaudeville, etc. Les membres des *trifides* formeront aussi bien le public dans leurs locaux qu'ils font partie du public à nos grands théâtres; un succès mérité là, vaudra sans doute un triomphe obtenu ailleurs, car le spectateur est juge partout et ses arrêts frappent ou élèvent n'importe où il se trouve.

Maintenant, voyons ce qu'il y a d'anti-national. Ce n'est ni la langue française adoptée par la majorité du pays, ni les tournures hollandaises de la langue flamande, mais bien la manie d'*emprunter*. Cette manie emmaillotte le talent littéraire et prive nos Dramatiques, en les rendant tributaires de l'étranger, de la culture des lettres qu'elles sont appelées à maintenir. Si elles ont un autre titre que les Sociétés flamandes, leur mission n'en est pas moins la même, car le mot dramatique n'est que la traduction du mot rhétorique, il désigne la même chose. Et dès lors, elles ne peuvent avoir les jeux scéniques pour seul et unique but, les travaux littéraires doivent en être le complément.

Qu'on ne s'imagine pas que tout ceci ne puisse se faire. Il y a là une jeunesse studieuse qui, indépendamment de ses dispositions pour la musique et pour le théâtre, ne demande pas mieux que d'être conduite vers la carrière littéraire. Qu'on prenne l'initiative, et de jeunes talents, assurés de la publicité, si leurs ouvrages peuvent supporter les épreuves de la scène, s'essaieront dans tous les genres. Quant à la direction des travaux, il y a de quoi la composer ; les hommes de talent ne manquent jamais de bonne volonté.

Il serait bien extraordinaire que nous ne pussions pas faire autant que nos ancêtres, qui, instruits par de simples moines, ont créé un théâtre national. Aujourd'hui que l'instruction est répandue dans toutes les classes, il est d'autant plus facile de réprendre leur œuvre, en l'appliquant aux lumières du siècle, qu'on peut passer sur les premières notions. Les jeunes gens après tout n'ont besoin que d'être guidée un peu, et de savoir sous quel point de vue ils doivent envisager l'art.

Mais qu'est-ce donc que l'art? Ce sont les conceptions ; elles sont au style ce que, dans la statuaire, la forme est à la pensée, ce que, dans la peinture, la couleur est un dessin. L'un relève l'autre. L'art est assujetti au temps ; il en subit toutes les transformations. Sous les *moralités* il était, comme l'époque, éminemment catholique ; sous les *mythes* il se dressait un peu païen par suite de la réforme ; sous les *imitations* il se façonnait, ainsi que le peuple, sur l'esprit français ; les *emprunts* lui donnent un cachet non déterminé par la raison que notre nationalité est encore à constituer. Ce qu'il deviendra plus tard, nul ne le sait. Cependant tout fait présumer qu'il aura un caractère religieux joint à des allures électiques. Sa vitalité se trouve entre l'école classique et l'école romantique ; il tiendra à la beauté antique de l'une et aux caprices gothiques de l'autre. En concevant donc les choses sous un point de vue moral, on lui donnera un type essentiellement indigène. Et soit que l'on fasse usage de la langue française, soit qu'on emploie la langue flamande, notre littérature sera belge parce qu'elle exprimera nos mœurs, nos goûts, le génie de nos populations. On me pardonnera, j'espère, cette digression.

Si mon projet me semblait inexécutable, et qu'il ne pût pas faire fleurir les lettres, je me garderais bien de le soumettre à mes compatriotes. Mais qu'ils l'examinent ; il y a une gloire du pays à faire revivre, à mettre en honneur, des réputations à maintenir, des talents à faire éclore, des noms belges à ajouter à tant d'autres noms belges, tout un avenir d'artiste enfin. Au surplus, par les associations *trifides* on arriverait à une cinquième période des Dramatiques et des Rhétoriques, dans laquelle les sociétés d'harmonie et de chant, ces deux jalons du théâtre lyrique, occuperaient une place digne de la postérité.

FIN.

APPEL.

Pour compléter le travail qui précède, je prie toutes les personnes qui possèdent des documents relatifs aux Chambres de Rhétorique et aux Sociétés dramatiques, d'avoir l'obligeance de me les faire parvenir.

Ces documents, manuscrits ou imprimés, sont :

1° Chartes ou règlements anciens et nouveaux. Livres d'or ou listes des membres à différentes époques. Diplômes. Octrois.

2° Pièces de théâtre originales ou traductions. Discours. Morceaux de prose et de poésie.

3° Correspondance. Affiches de spectacle.

4° Renseignements à l'égard des Rhétoriques non citées dans ce Précis ; date de leur fondation ; leurs titres et devises.

Les sociétés existantes sont priées en outre de vouloir répondre aux questions suivantes :

1° Quel est votre règlement actuel.

2° Si vous cultivez la littérature, quels hommes de lettres avez-vous eus, avez-vous encore ?

3° Quels sont les ouvrages de ceux-ci, soit manuscrits ou imprimés ?

4° A quels concours vous êtes-vous rendue ? Quel en a été le résultat ?

5° Quels concours avez-vous donnés ? Quelles sociétés y ont remporté des prix ?

6° Quels hauts personnages avez-vous eus, avez-vous encore pour protecteurs ?

7° Y a-t-il quelque particularité qui ait amené votre fondation ?

8° De combien de pièces de théâtre se compose votre répertoire ? Quelles sont-elles ?

9° Si vous avez créé un département littéraire, quels en sont les directeurs ?

10° Si vous êtes unie à des sociétés d'harmonie et de chant, quel en est l'acte d'association ?

On est prié de spécifier les documents dans la lettre d'envoi, et de me les adresser francs de port.

Arrivés à leur destination, ils seront soigneusement conservés, et dès que j'en aurai fait l'usage convenable que j'annonce, je les renverrai à qui de droit.

T.-L.-H. POPELIERS.

Faubourg d'Ixelles, rue du Berger, 65.

Bruxelles.

www.ingramcontent.com/pod-product-compliance
Ingram Content Group UK Ltd.
Pitfield, Milton Keynes, MK11 3LW, UK
UKHW021105260726
13994UKWH00002B/726

9 782329 360454